Sabotaggio
Un romanzo di fantascienza

Richard G. Hole

Fantascienza e Fantasy

SINOSSI

La lunga fila di nicchie comodamente installate nella parte inferiore di quello stesso pavimento dell'astronave.

Bloccato in quelle urne di materiale trasparente, l'intero equipaggio deve aver trascorso tre mesi in volo attraverso gli anelli che circondavano il pianeta Saturno, per riprendersi dalla sonnolenza programmata, ognuno di loro è tornato ad occupare la propria posizione.

Ma ora...

Sabotaggio è una storia appartenente alla serie Science Fiction, una raccolta di romanzi di fantascienza e fantasy

SABOTAGGIO

CAPITOLO I

Il comandante del "Saturn 8" diede un'occhiata ai pannelli di comando. Il calcolatore elettronico gli diede le cifre che si aspettava e, dopo essersi rivolto al suo copilota, ordinò in modo misterioso:

«Puoi mettere il pilota automatico, Jim.

Starsky sapeva cosa significasse quell'ordine e, per questo, quasi con un filo di voce, voleva ancora verificare, quando guardava il suo capo:

"Già, Simone?

"Sì, Jim; siamo a centomila miglia dagli anelli di Saturno. È esatto!

Il giovane tenente Starsky esitò di nuovo, dicendo:

"Lo so, ma... non mi è mai piaciuto il letargo! È come sprofondare nella morte.

"Stronzate, ragazzo. Abbiamo superato tutti i test, e vedi. Siamo vivi!

«Una cosa è che avvenga sulla Terra, un'altra qui, Simon. 1.186 milioni di chilometri da esso!

Simon Buskey lasciò il suo posto, toccò il suo giovane copilota sulla spalla, e lo incoraggiò, indicando i comandi:

«Dai, Jim, non perdere tempo. Vado dalla dottoressa Bourvil, per vedere se ha finito con gli altri.

Prima di lasciare la cabina di pilotaggio, il comandante del "Saturn 8" si voltò sulla porta per aggiungere:

«Passa l'ordine alla squadra, Jim.

Quando uscirono nell'ampio corridoio di metallo, Simon Buskey si fermò sulla destra per essere trasportato dal nastro trasportatore all'ascensore. La porta si aprì automaticamente e in meno di un minuto ero al piano terra della gigantesca navicella spaziale.

Mentre usciva nel corridoio, vide i capelli biondi della dottoressa Eva Bourvil, accompagnata da due delle sue assistenti infermiere. Simon Buskey sentì di nuovo il desiderio di affondare le dita in quei capelli color grano dorato, poi cercare il contatto squisito delle labbra di quella donna. Per questo accelerò il passo verso le tre, chiamando da lontano:

"Dottor Bourvil...

Eva Bourvil lo riconobbe quando girò la testa e, subito, dopo avergli rivolto il suo delizioso sorriso, ordinò ai suoi due assistenti:

"Vai al laboratorio e vai avanti. Mancano solo pochi minuti!

Simon Buskey rallentò per dare alle due infermiere il tempo di girare l'angolo del corridoio. Ma poi corse dalla donna dai capelli biondi, tenendola avidamente tra le braccia, mentre sussurrava, sentendo il contatto di quella morbida guancia femminile sulle sue labbra.

"Tesoro! ... Non possiamo semplicemente passare gli ultimi minuti insieme?

Anche Eva Bourvil lo abbracciò, sebbene volesse subito allontanarsi da lui, ragionando:

"Impossibile, Simon. Dobbiamo ancora ibernare quelli che rimangono!

"Ecco perché, donna! Prima che tu ci tuffi in quella "morte" voglio... voglio...

"Non essere pazzo, Simone!

"Sono solo pazzo, Eva! Da te!

Riuscì a sbarazzarsi delle molestie dell'uomo, con buffi smorfie. Ma poi i suoi occhi azzurri lo guardarono severamente, dicendo:

"Smettila, Simone! Avremo un'eternità per amarci.

Con veemenza, cercando di legare di nuovo quella vita allettante, rispose con il fuoco nella voce:

"Cambio quell'eternità, per qualche minuto con te, Eva!

"Non essere un bambino!

"Tutti gli amanti sono bambini. Tu no?

"No, Simone: sono incaricato di eseguire questa operazione... E devo! L'obbligo viene prima della devozione.

"Vero! Ma ti perdi mai i nervi? Non dimentichi mai cosa DEVI fare, per ottenere ciò che vuoi?

"Mai! Ci hanno addestrato per questo.

Simon Buskey non voleva arrendersi e quasi implorava:

"È stato un viaggio delizioso, Eva! Un meraviglioso viaggio tra le stelle, sentire che qui, dentro "Saturno 8"... avevo il mio cielo! Tua moglie!

Vide che lei non rispondeva, e insistette, di nuovo le sue mani verso di lei.

"Ma adesso... Quei tre maledetti mesi di letargo...!

«Sono necessari, Simon. Non possiamo entrare nell'orbita di Saturno senza sottoporci a quel test. Il passaggio attraverso gli anelli può durare mezza settimana o quei tre mesi. E tu conosci gli ordini!

"D'accordo! Sono il primo a farle rispettare. Ma poiché io e te siamo insieme negli ultimi minuti, no...

"Non insistere, Simon. Per favore!

"Va tutto bene! Inizia a manipolare il mio corpo e mettimi in una di quelle dannate camere di letargo. Sarà molto divertente passare novanta giorni l'una accanto all'altra, come se fossimo mummie!

La voce del comandante della nave era sembrata falsamente arrabbiata, e la donna ha risposto con una domanda:

"Hai già detto a Jim di mettere il pilota automatico?

"Sì!

"E hai passato l'ordine al resto della squadra?

«Sì, dottor Bourvil!

Lo guardò dritto negli occhi, tra divertita e infastidita, quando notò:

"Niente battute, Simone. Credi che mi piaccia farlo?

«Sembra di sì, Eva. Ho sempre detto che le donne che sono un pozzo di scienza perdono un po' della loro femminilità.

I grandi occhi azzurri della dottoressa Eva Bourvil sembravano diventare più grandi e più luminosi, offrendole la seta della sua mano, mentre sussurrava:

"Dai, tesoro... ti dimostrerò il contrario!

* * *

Lo schermo del viscofono cominciò a lampeggiare. Simon Buskey si fermò di fronte all'apparecchio in due passi, e mentre faceva clic sull'interfono, la faccia del tenente Starsky sembrò esclamare:

"Era ora, Simon! Dove sei stato?

Simon Buskey si è posizionato con cautela davanti alla macchina in modo che il suo copilota potesse vedere solo una parte del suo viso sullo schermo della cabina di pilotaggio. E la sua fronte apparve corrugata, mentre domandava:

"Smettila di fare domande e rispondi a questa, Jim, che succede?

«Qualcosa di molto serio, Simon. L'infermiera responsabile delle camere di ibernazione mi ha portato una parte... non trovando nemmeno il dottor Bourvil.

Il comandante di "Saturn 8" guardò nella parte posteriore della cabina di pilotaggio per occhi intensamente blu. Poi girò il viso verso lo schermo del visore, e annunciò, prima di interrompere l'interfono:

"Ci vado, Jim!

Di nuovo l'ascensore lo ha portato al quarto piano della navicella, e il nastro trasportatore lo ha portato alla cabina di pilotaggio, che è stata aperta dalle cellule fotoelettriche. Starsky aveva eseguito l'ordine ricevuto, e l'astronave marciava guidata dal pilota automatico: quindi il tenente si trovava in una delle estremità della cabina, parlando con un'infermiera e due uomini in divisa dell'equipaggio. Quando lo vide entrare, il suo assistente gli si avvicinò, con un foglio in mano, offrendogli, molto serio:

«Dai un'occhiata a questo rapporto, Simon.

Gli bastava uno sguardo per leggere le cifre, di fronte all'infermiera, quando domandava, con voce quasi roca:

"Cosa è successo?

La ragazza sembrò esitare, prima di scusarsi, angosciata:

"No... non lo so, comandante! Mi è venuto in mente di fare dei controlli, quando ho visto che il dottor Bourvil non arrivava e... È orribile!

Quasi stringendo il rapporto nella sua mano nervosa, Simon Buskey ha voluto confermare con la sua domanda:

"Tutti morti?

"Sì, Comandante... Le miscele di serotonina sintetica con psilocibina per metterli in letargo, non erano ben graduate e... non so come sia potuto succedere!

Irritato al massimo, con un gesto brusco della mano che reggeva il foglio del verbale, il responsabile di "Saturno 8" gridò:

"Non lo capisco, signorina! Sono un cosmonauta e non un medico! Ma dimmi subito chi potrebbe essere stato il responsabile!

"No... non lo so, comandante. Il... Dr. Bourvil ci ha dato le formule per le miscele e noi... noi. Ti dico che è orribile!

"È più di questo, signorina! A me puzza di sabotaggio criminale! Hanno ucciso la maggior parte dell'equipaggio di questa nave!

In due passi, Simon Buskey si fermò al visofono, accendendo lo schermo per cercare l'interfono con la dottoressa Eva Bourvil. Il circuito è stato stabilito, ma, quando nessuno è venuto allo schermo, ha abbassato un altro perno sul pannello di controllo. Il volto aggraziato della dottoressa Eva Bourvil era già apparso nel suo laboratorio, sollecitato dal comandante della nave:

"Sa cosa è successo, dottor Bourvil?

Il bel viso della donna bionda, ha annunciato sullo schermo:

"Sì, comandante. Sto cercando di capire come potrebbe accadere una cosa del genere. Che terribile!

"Riunisci tutte le tue assistenti infermiere. ci vado subito!

Simon Buskey staccò il visore, cercò lo sguardo del suo copilota e, indicando i comandi, ordinò:

"Cambia rotta, Jim. Non continueremo verso Saturno finché non scopriremo cosa è successo.

Stava già camminando verso l'infermiera terrorizzata e i due uomini dell'equipaggio, quando aggiunse al suo ordine:

Lascia che il resto della squadra faccia lo stesso. Prenditi cura di tutto, Jim!

"Bene, comandante.

Mentre scendeva dall'ascensore, accompagnato dai due uomini e dall'infermiera, Simon Buskey si sentì male allo stomaco.

Non aveva mai sofferto un simile fastidio, e sapeva che non era dovuto alla discesa dell'ascensore automatico. Piuttosto, l'angoscia veniva dal pensare che la sua amata astronave, la "Saturn 8", di cui era responsabile, stesse ora viaggiando a perdifiato nello spazio, trasformata in una gigantesca bara.

Una magnifica bara, meraviglia e vanto dell'aeronautica moderna, che trasportava i cadaveri di trecento uomini e donne, morti durante il letargo programmato.

Un letargo che per loro sarebbe stato eterno.

CAPITOLO II

Eva Bourvil sentiva che ora lo sguardo grigio dell'uomo era molto diverso. Non c'era più amore né dolcezza in quegli occhi, quando la sua voce, marcatamente virile, domandava, appena le fu davanti:

«Cos'è successo, dottor Bourvil?

Sbatté le palpebre, forse infastidita dalla presenza dell'infermiera e dei due uomini dell'equipaggio che accompagnavano il comandante. Colse anche quel cerimonioso "Dottor Bourvil" sulle labbra di Simon Buskey, e alla fine rispose:

«Dev'essere stato un incidente, Simon.

"O un sabotaggio criminale! La signorina Spert dice che ha trovato le miscele sbagliate. Cosa erano sbilanciati!

"Sì, Simon... Questo è ciò che ha causato la loro morte. Dose eccessiva di psilocibina.

"Non controlli i mix?

"Sì! Ma forse una delle mie infermiere...

Il "Dottor Bourvil" iniziò a protestare contro l'infermiera Spert.

La mano energica del comandante della nave si mosse, ordinando bruscamente:

"Zitta, signorina Spert! Faccio io le domande!

"Sì, comandante.

Simon Buskey si rivolse all'infermiera e ai due uomini dell'equipaggio che lo accompagnavano, indicando con la sua voce e il suo gesto:

"Aspetta fuori.

La porta si richiuse alle loro spalle e Simon Buskey insistette ancora:

"Beh, Eva... Capirai che questa mostruosità deve avere una spiegazione.

"Vero, Simon, ma... perché mi guardi così? Pochi minuti fa eri molto affettuoso con me e ora... ora...

«Ora sono morti circa trecento esseri, Eva. E io sono responsabile di "Saturno 8"!

"Ma ti stai accusando perché abbiamo passato qualche minuto in...?

«Avevi ragione prima, Eva. Il dovere viene prima della devozione! Nessuno di noi avrebbe dovuto lasciare i compiti. Forse questo non sarebbe successo!

«Non incolpare te stesso, non incolpare me, Simon. I mix erano già stati realizzati molto tempo prima.

"Perché non li hai controllati?

"L'ho fatto!

"Quindi...?

"Te lo dico, non so spiegare come sia potuto succedere! Tutto era pronto per il letargo e i miei aiutanti hanno iniziato quando...

Simon Buskey era seccato. Terribilmente irritato, dovendo parlare di tutto questo con la donna che lo attraeva così follemente. Lei aveva ragione. Erano stati intensamente felici solo pochi minuti prima, e ora...

Senza dover andare nella camera di letargo, immaginò, con la sua immaginazione, la lunga fila di nicchie comodamente installate nella parte inferiore di quello stesso pavimento della navicella. Bloccato in quelle urne di materiale trasparente, l'intero equipaggio deve aver trascorso tre mesi in volo attraverso gli anelli che circondavano il pianeta Saturno, per riprendersi dalla sonnolenza programmata, ognuno di loro è tornato ad occupare la propria posizione.

Ma ora...

"Io sono il comandante di un cimitero! Urlò, trascinato da tali pensieri.

«Non ti agitare, Simon. Dobbiamo restare calmi!

E secondo te è possibile? Tutti quegli uomini e quelle donne morte non ti pesano, Eva?

"No! Perché non sono responsabile!

Si guardarono intensamente e, finalmente, riuscì a sussurrare, con voce roca:

"Lo sei, Eva... Anche se mi costa dirlo e anche se è stato per un errore fatale. Ma tu sei!

"Nego questa responsabilità! Alcuni dei miei assistenti sono stati in grado di alterare i mix.

"Cosa sospetti?

"Non lo so, Simon... Finora sono stati tutti efficienti. Li conosco bene, e non riesco a capire quali ragioni ci possano essere per una cosa del genere.

"Vero; la pace regna in tutta la galassia da due secoli. Solo una mente pazza può commettere un simile crimine!

"Ecco perché ti chiedo di calmarti. Se vogliamo scoprire chi è il responsabile, abbiamo bisogno di serenità.

«È difficile tenerlo, Eva. Di tutto l'equipaggio, ho quei due uomini là fuori, Jim... E io!

"Comunque, arriveremo a Saturno. L'autopilota può fornire molto bene ...

"Non andremo più su Saturno.

"Come si dice, Simone?

«Dobbiamo tornare sulla Terra, Eva.

"Ma perché tesoro?

"Semplice: in primo luogo, presentarmi ai miei capi. E in secondo luogo, perché non scenderò su Saturno e annuncerò: "Ecco! Gli scienziati, i saggi e gli specialisti che ti abbiamo portato affinché questa colonia si sviluppi meglio ... sono morti!"

«È che... per tornare sulla Terra, Simon...

"Cosa c'è, Eva? Hai paura delle responsabilità che potrebbero ricadere su di noi per questo?

Eva Bourvil lo guardò coraggiosamente negli occhi, esclamando sinceramente:

"Sì, Simon! Apriranno un'indagine.

"Lo fanno! Se non sei responsabile ...

"Comunque, saremo detenuti per molto tempo. Su Saturno sarebbe molto diverso.

«Non mi piace sottrarmi alle mie responsabilità, Eva. Per non parlare del fatto che le stesse leggi regnano in tutta la Confederazione Galattica.

"E se il resto della squadra non ti obbedisse?

Simon Buskey è rimasto scioccato dalla domanda della donna. Riuscì a superare la sua perplessità, e rispose con un'altra domanda:

«Perché non dovrebbero obbedirmi, Eva?

«Non lo so, Simone. Forse nelle altre navi è successo come in questa e...

La mano del comandante del "Saturno 8" gli colpì la fronte, esclamando:

"Santo Dio! Non ci avevo pensato!

Si voltò verso la porta, ma si voltò per indicare:

"Non andartene da qui, Eva. Mi occupo io di interrogare le tue infermiere. Adesso devo tornare in cabina di pilotaggio!

* * *

Appena entrato in cabina di pilotaggio, Starsky ha dimostrato ancora una volta efficienza, annunciando, anticipando i suoi desideri:

"" Saturn 7 "e" Saturn 6 "non rispondono. Ho provato a comunicare con loro, ma ...

"Che ne dici di "Saturno 5" e "Saturno 4", Jim?

Il comandante della nave non si era ancora seduto, quindi il suo copilota raccomandò:

«Tieni duro, Simon.

«Smettila subito, Jim! Che diavolo sta succedendo?

"Mi hanno mandato all'inferno!

"A cosa...?

"Una passeggiata: Gregory e Lynn mi hanno risposto che non vogliono sapere niente di noi.

"Impossibile! O sono impazziti?

Diciamo meglio insubordinato, Simon. Si rifiutano di obbedire al loro comandante!

"Ma allora... sono ancora in viaggio per Saturno?

"Così sembra, dai un'occhiata allo schermo radar e dalle coordinate dei loro rilevamenti, indovinerai.

Simon Buskey lo fece e ordinò nervosamente:

"Riprova a metterti in contatto con loro!

Starsky sì, ma il silenzio era la risposta. Nel parossismo della sua irritazione, Simon Buskey si sporse verso la radio per urlare:

"Questo è" Saturn 8 "! Comandante di squadra a tutte le tue unità! "Saturn 8" chiama! Rispondi, diavolo!

La testa del giovane copilota si mosse in modo significativo, borbottando:

«Non sforzarti, Simon.

"Ma cosa diavolo c'è che non va? Questa è una rivolta!

«Penso che sia anche peggio, mio comandante. Abbiamo una mente criminale a bordo.

«E ciò che è più serio, Jim: dev'essere una cospirazione. È terribile non sapere cosa succede nelle altre astronavi!

"Puoi calcolarlo come in questo... O peggio!

Simon Buskey iniziò a riflettere, costringendo Starsky, con il suo prolungato silenzio, a parlare di nuovo quando chiese:

"Via, Simone?

Accidenti se lo so, Jim! Tutto questo mi lascia perplesso.

Il silenzio regnò di nuovo, prima di aggiungere:

«Riflettiamo, Jim: se si tratta di un complotto criminale, il movente deve essere Saturno.

"Perché?

"Semplice: Gregory e Lynn ti hanno detto che non vogliono sapere niente con noi, e continuano il viaggio. "Saturno 7" e "Saturno 6" non ti hanno nemmeno risposto. Ma guarda lo schermo radar... Continuano ad allontanarsi!

Anche Starsky rimase in silenzio, prima di commentare:

Beh, una cosa sembra giusta, Simon. Non andiamo su Saturno!

"E' quello che ho detto al dottor Bourvil. Torniamo sulla Terra!

Il giovane copilota sembrava esitante, prima di chiedere al suo capo qualcosa che secondo lui avrebbe potuto ferire. Ma le circostanze non dovevano essere delicate, e alla fine decise di dire:

"E quella dea bionda, amico?

«Spiegati, Jim. cosa intendi?

«Non è lei responsabile del fatto che l'ibernazione programmata sia un atroce massacro?

Gli occhi grigi di Simon Buskey cercarono avidamente le pupille del suo amico. E ansimò, chiedendo:

"Pensi che sia capace, Jim?

"Non è lei la responsabile del laboratorio?

"Si ma ...

"Cosa, Simone?

«Ha dodici assistenti infermiere. Alcuni di loro sono stati in grado di modificare le miscele all'ultimo minuto.

"Sì, naturalmente...

Ma vide come il copilota gli diede il comando della nave con un gesto significativo, annunciando, mentre lasciava il suo posto:

"Abbiamo lasciato Ralph e Nelson. Non è così?

"Esatto, Jim. Siamo rimasti solo in quattro! Dove stai andando?

«Ti risparmio un lavoro ingrato, Simon. Mi piacerebbe parlare con quelle piccole donne... inclusa la graziosa dottoressa Eva Bourvil!

Simon Buskey non si oppose. In fondo, sì, efficace come sempre, Starsky riuscì a scoprire il motivo di tutto questo mostruoso, e ad individuare il colpevole, come lui stesso aveva detto: gli avrebbe risparmiato un lavoro ingrato.

Solo il suo assistente non aveva raggiunto la porta della cabina di pilotaggio, quando guardando lo schermo radar, il comandante di "Saturn 8" gridò:

"Aspetta un minuto, Jim! Guarda questo! Tornano! Si stanno avvicinando!

CAPITOLO III

Anche le pupille di Starsky si dilatarono mentre fissava senza battere ciglio l'ampio schermo radar panoramico.

Quei due punti che si avvicinavano a rotta di collo non potevano significare più di una cosa: due delle astronavi che avevano fatto il lungo viaggio dalla Terra con loro stavano tornando per incontrare il comandante della squadriglia.

Simon Buskey catturò l'interfono, parlando:

"Questo è" Saturno 8 "! "Saturno 8" chiama la tua squadra! Identificatevi!

Non ci fu risposta, e il silenzio angosciato all'interno della cabina di pilotaggio fu rotto dalla voce di Starsky, che annunciava, senza distogliere lo sguardo dallo schermo radar:

"Guarda, Simon! Ci stanno addosso!

"" Saturno 8 "chiamando la sua squadra! Per Dio vivo! Identificatevi!

Si sentiva solo il rumore sordo dei motori atomici; Più che rumore, era una vibrazione costante, appena percettibile, ma diventava enorme quando tutti tacevano.

"Girati, Simon! Tra dieci secondi saranno su di noi!

"Diavoli! Pensi che vogliano avvicinarsi a noi, Jim?

"Sembra!

Simon Buskey azionò i comandi e il "Saturn 8" fece un giro nell'iperspazio come una rondine docile. Le ventimila tonnellate di acciaio plastificato hanno rubato l'impatto dei proiettili, che sono passati come meteoriti, stellari dal luogo dove una frazione di secondo prima era stata la gigantesca navicella spaziale. I due proiettili esplosero graduati, in tale direzione e distanza, con il bagliore di mille soli esplosi contemporaneamente.

Il "Saturno 8" ha vibrato in ciascuna delle sue strutture come se stesse per essere demolito, ma, dopo lo scuotimento, ha continuato la sua vertiginosa marcia. La virata che la mano ferma ed esperta di Simon

Buskey lo ha impressionato, lo ha costretto a virare completamente per trovarsi alle spalle dei due attaccanti.

E poi il comandante di quella nave non ha esitato.

Non esitò per una frazione di secondo, ordinando al suo copilota:

"Fuoco, Jim! O loro o noi! Hanno ancora altri cinque proiettili ciascuno e alla fine ci colpirebbero! Fuoco ho detto, Jim!

Fortunatamente, in questi momenti l'uomo non ha tempo per pensare. Se l'avesse fatto, Starsky avrebbe sentito la sua mano tremare, premendo quel paio di bottoni rossi che, se i suoi colpi fossero stati precisi, avrebbero causato l'inesorabile morte di circa cinquecento uomini.

Uomini che conosceva, che lui stesso aveva desiderato per un viaggio sicuro, ore prima di decollare dall'astrodromo della Terra.

Forse il "Saturno 5", che pilotava Gregory o il "Saturno 4", che pilotava Lynn, la brava e simpatica Lynn Biler, che pensava di conoscere così bene, ma ora...

"Ordine eseguito, Simone!

La doppia esplosione che proveniva dallo spazio sembrava capace di scuotere la pace eterna delle stelle.

Ancora una volta mille soli esplosero contemporaneamente e, poco dopo, dopo che sembrava che tutti gli strumenti fossero impazziti, i due punti luminosi che indicavano la vicinanza delle due astronavi non apparivano più sullo schermo radar.

Simon Buskey sudava copiosamente, nonostante l'aria riscaldata automaticamente che, da sola, si autoregolava in base agli sbalzi di temperatura di cui gli uomini avevano bisogno. A sua volta, Starsky fu lasciato per un momento con gli occhi chiusi, ad esclamare, quando li riaprì, la strofa di una poesia:

"" Uno, secondo per distruggere una civiltà... E migliaia di secoli per crearla! "Ricordi, Simon?

"Sì, Jim. Viene dalla poesia di Edmund Moore, il pacifista vissuto tre secoli fa, quando gli Stati Uniti e la Cina erano sul punto di disintegrare la Terra in una guerra atomica.

Girando la testa, vide il suo giovane copilota nascondere tra le mani il viso sudato. Allungò uno dei suoi per metterlo sopra quello dell'amico, dicendo:

"Era accurato, Jim. Volevano distruggerci!

"Sì, Simone, sì! Lo so! Credi che non abbia visto come ci hanno sparato? Ma io... io. Simone... Con queste mani, con queste due semplici dita, le ho disintegrate, loro. Capisci

"Vi dico che ci hanno attaccato. dovevi difenderti!

E ti dico che lo so! Questo ho capito, Simone! Ma... non lo so, amico. Non lo so! Solo diciassette persone sono ancora vive qui. Il dottor Bourvil, le sue dodici infermiere, Ralph, Nelson, tu ed io... E loro... dovevano essere almeno...

«So cosa pensi, Jim. Ma è possibile che nelle loro navi sia successo anche come nelle nostre. Chi ci dice che non abbiano ucciso anche tutti i passeggeri che trasportavano mettendoli in letargo?

E se sì, perché, Simon? Come mai?

"Non posso risponderti, per ora, ragazzo. Ma penso che dovremmo cercare quella risposta sulla Terra.

«Torniamo indietro, allora, Simon?

"Sì, Jim. Senza dubbio già!

Starsky si alzò di nuovo, annunciando:

"Vado a vedere se chiarisco, in un dannato tempo, questo con le infermiere.

"Jim... Attento, ragazzo! Porta Ralph e Nelson con te. E che vadano bene armati!

"Non preoccuparti.

* * *

La dottoressa Eva Bourvil era ancora nel suo laboratorio e, davanti a lei, disteso su una barella, il corpo di un'altra donna sembrava dormire.

Appena entrato Starsky riconobbe il profilo dell'assistente infermiera Rossana Spert e, dalla porta, chiese alla bionda:

"Cosa c'è che non va con la signorina Spert?"

"È morta.

Starsky sbatté le palpebre un paio di volte, ma istintivamente la sua mano andò alla fondina dove riposava la sua pistola laser. Gli occhi azzurri della scienziata bionda colsero quel movimento nella mano dell'uomo, e lei sorrise:

«Stai tranquillo, tenente. Non l'ho uccisa!

"Allora... cosa gli è successo?

"Durante l'attacco e il combattimento, il suo cuore gli è venuto meno. Potremmo dire che... scientificamente Rossana Spert è morta di terrore.

Allo sguardo insistente del giovane copilota, la dottoressa Eva Bourvil ha fatto una leggera scrollata di spalle, ampliando la sua spiegazione:

"D'altra parte, è molto morta.

"Perché dici questo, dottor Bourvil?

Starsky vide che gli stava mostrando una piccola piastra di metallo, con vari fori e buchi. Credette di riconoscere il token da inserire nella fessura di uno dei cervelli elettronici, e la donna lo informò:

"L'ho trovato in tasca; Deve aver rubato la mia tessera per aprire l'armadietto dei medicinali dove teneva le dosi per il letargo. Ha sicuramente alterato i mix e...

Starsky inclinò la testa per guardare il profilo già quasi violaceo della donna sdraiata sulla barella.

"Peccato! Mi sarebbe piaciuto sapere perché ha fatto una tale mostruosità, e se è successo lo stesso nelle altre astronavi.

"Sì, tenente. È un peccato che i morti non possano parlare!

"Giusto, dottore?

Dopo la sua domanda un po' inconsistente, Starsky finì di estrarre la sua arma e aggiunse, volendo tentare la fortuna:

"Comunque, sei detenuto.

"Io, tenente?

Una grande sorpresa si è riflessa nei grandi occhi azzurri della donna bionda, che si è opposta, senza dare il tempo di replicare.

"Ma perché?

«È l'ordine del comandante. "L'uomo ha ancora mentito.

"Simon non avrebbe potuto ordinarle una tale assurdità! E soprattutto, dopo aver saputo chi era il responsabile di tutto quello che è successo.

«Francamente, dottor Bourvil. Penso che anche la signorina Spert sia stata uccisa da te...

«Cosa significa questo 'troppo', tenente?

"L'hai sentito perfettamente. Mi accompagni o preferisci che lo disintegri proprio qui?

"Parlerò con il comandante! Simon ti toglierà dalla testa quelle idee da detective fallite!

"Te lo dirò, signorina; forse hai fatto impazzire il povero Simon con il tuo indubbio fascino... Ce ne sono molti, dannazione! Ma mi lasci freddo. E ci spiegherà perché ha fatto un tale cosa.

"Te l'avevo detto che era Rossana Spert!

"Sì, certo... E la poveretta non può più parlare! Verità?

"Non è colpa mia se è morto!

"Ce l'hai, perché l'hai strangolato. Da qui posso vedere certi segni sul suo collo. Ci vorrà poco per verificare che si tratti di impronte digitali, e che...

Gli intensi occhi azzurri di Eva Bourvil brillavano di gioia. Stava verificando che questo giovane ufficiale era tanto ingenuo da trascurare la sua vigilanza, mentre si avvicinava per esaminare meglio il collo della donna bugiarda, e che, se avesse saputo approfittarne, poteva essere la sua unica salvezza.

Ma quando la mano di Eva Bourvil infilò la mano nella tasca della sua veste bianca vicino alla porta, un lampo balenò.

Ralph aveva premuto il grilletto della sua pistola dalla porta, facendo uscire il bagliore verde-azzurro del raggio laser, che iniziò a bruciare il bel corpo di quella donna. La stanza cominciò a riempirsi dell'odore di carne bruciata e, voltandosi, con una certa tristezza negli occhi, Starsky disse all'uomo che lo aveva salvato:

"Grazie, Ralph. Era l'unica cosa che dovevamo sapere con certezza che fosse lei la colpevole.

"Mi scusi, tenente, ma adesso... non potrà parlare neanche lei!

«Non preoccuparti, Ralph. Il comandante ha detto che la risposta a tutto questo si troverà sulla Terra.

"Torniamo indietro, signore?

"Esatto, Ralph.

Guardò per terra, e terminò indicando:

«Gettaci sopra una coperta, Ralph. Finirà per riempire tutto con l'odore della sua bella carne carbonizzata.

"Peccato, tenente! Era una vera femmina!

"Era un'assassina, ragazzo.

O deve essere pazza. Uscendo nel corridoio per prendere l'ascensore, Starsky pensò che al suo comandante, Simon Buskey, la notizia non sarebbe piaciuta molto.

E non aveva torto.

CAPITOLO IV

Era necessario essere in orbita attorno alla Terra per più di tre ore, prima di ottenere il permesso di scendere sull'astrodromo di Terranova.

Lì li stava già aspettando il generale Hutchington, che, vista la conversazione tenuta via radio con l'equipaggio di "Saturn 8", decise di mantenere questa brutta faccenda nel più stretto segreto.

Così segretamente, che fu il generale stesso a salire a bordo dell'astronave e ad ordinare, come primo saluto:

«Entra in una di quelle urne di letargo.

"Ma mio generale..." cominciò a protestare Simon Buskey.

"Entra, te l'ho detto! Scenderanno come se fossero davvero anche loro addormentati. Ho preso le mie misure di sicurezza e non voglio che ci siano perdite.

"Il mio generale" insistette il comandante dell'astronave. Quindi siamo arrivati dove era possibile stabilire una comunicazione radio con voi, vi abbiamo raccontato tutto quello che è successo. E quegli uomini e quelle donne non sono in uno stato di letargo. Sono morti!

«Lo so, comandante Buskey. E anche tu diventerai morto!

"Posso chiederle perché, signore?

Il generale Hutchington sembrava nervoso, ma spiegò:

"Comandante molto semplice. Quello che è successo è stato forgiato sia qui, sulla Terra, sia sul lontano Saturno. Diremo a tutti che la vostra navicella è tornata guidata dal pilota automatico nell'area dove noi, tramite telecomando, l'abbiamo portata qui a riposare. Sarà facile per la Stampa affermare che un errore nei calcoli della trasferta ha reso necessario il ritorno di "Saturn 8". Ho bisogno di guadagnare tempo e che nessuno, assolutamente nessuno, lo scopra. E l'unico modo in cui nessuno ti molesta con domande è guardarti scendere in una di quelle dannate nicchie. È chiaro?

"Capisco, signore.

"In questo modo avremo tre mesi. Nessuno pensa di chiedere qualcosa a un ragazzo che scende in una di quelle nicchie, finché non passa lo stato di letargo. Quindi... stanno già evadendo il mio ordine!

Gli unici quattro uomini sopravvissuti dell'equipaggio di "Saturn 8", con rassegnazione, si misero nelle mani delle undici infermiere che erano tornate anche loro sulla Terra con loro. Allo stesso modo, in una delle urne fu deposto il cadavere dell'assistente infermiera Rossana Spert, confidando che nessuno fosse interessato a vedere la dottoressa Eva Bourvil, nel suo stato di torpore.

Quando è stato il turno di Simon Buskey e del suo copilota Starsky, i due amici si sono guardati, e il primo ha scherzato:

«Per farsi morto, Jim.

«Meno male che non lo saremo davvero, Simon! Come tutti quelli.

In fondo, dovevano accontentarsi.

E mentre le abili infermiere lo manipolavano per farlo sistemare bene nell'urna trasparente, lui si divertiva a pensare a tante cose. Uno di questi era il primo che gli veniva in mente: se non avesse voluto passare qualche minuto da solo con la bella, ma diabolica dottoressa Eva Bourvil, sicuramente sarebbe anche lui come il resto della ciurma di "Saturn 8", dormire lì per sempre.

E bene morto!

Si poteva tranquillamente calcolare che, una volta installato il pilota automatico, dopo averli uccisi tutti, questa donna avrebbe aspettato con calma che la nave raggiungesse il pianeta Saturno.

Ma in Simon Buskey mancava qualcosa. Per cosa?

Sì; Perché volevano un carico di cadaveri sul pianeta lontano?

* * *

Il generale Hutchington gettò vari rapporti sull'ampio tavolo del suo ufficio, e sempre energico, con un improvviso movimento della mano ordinò:

«Dai un'occhiata, signori.

Simon Buskey iniziò a leggere, insieme al suo tenente Starsky, passando i rapporti d'esame agli altri uomini che erano radunati in quella stanza. Venivano dai confini più remoti del Sistema Planetario, così come da molti punti della Terra. C'erano anche quelli che provenivano dalle Basi Spaziali in orbita, sia da Marte che da Giove, da Venere o Mercurio e anche dalla Base Lunare stabilmente fissata sul satellite naturale della Terra.

A prima vista, sembravano disparati e contraddittori. Ma tutto sommato, avevano tutti un denominatore comune.

Per anni, e con infinita pazienza, utilizzando il formidabile apparato della polizia di sicurezza spaziale, in qualità di capo del dipartimento generale Hutchington, erano riusciti a mettere insieme un buon dossier in quelle cartelle.

Riteneva che l'incontro meritasse una spiegazione e, per semplicità, il generale Hutchington dichiarò:

«Suppongo che capirete cosa significa questo, signori.

Fece una pausa studiata, mentre faceva diverse passeggiate, per aggiungere, quando tornò al suo tavolo:

"Tutte queste sparizioni non ci sembrano più misteriose.

Ha indicato ai presenti, coloro che avevano presidiato il "Saturno 8" e, in breve, ha aggiunto:

"Ciò che è successo nell'astronave pilotata dal comandante Buskey e dal tenente Starsky, inizia a fare un po' di chiarezza sulla questione.

Nuova pausa, per continuare:

"Ora sappiamo dove sono andati questi uomini!

Dam Foster, in qualità di rappresentante del Governo Centrale Galattico, ha alzato la voce un po' aspra, chiedendo:

«Anche i morti scomparsi, generale Hutchington?

Hutchington sembrò esitare un po', prima di rispondere:

«Sì, signor Foster. Penso che si possa già dire che anche i morti. Devono essere stati portati su Saturno!

"Come generale? "Volevo sapere il delegato di Space Transportation.

"Mi permetta senza l'intenzione di ferirla, signor Barret, dovremmo farle questa domanda.

L'alto e ossuto Lee Barret sembrò deglutire male, quando inaspettatamente iniziò a tossire. Prima di calmarsi del tutto, la voce autorevole del generale Hutchington stava già aggiungendo:

«Ma non si tratta di ritenere nessuno responsabile, signori. Ciò di cui abbiamo bisogno sono soluzioni!

Ci furono diverse affermazioni del capo, e il generale continuò:

"Da queste segnalazioni hanno potuto rendersi conto che, da molti anni, accadono cose strane... proprio sotto i nostri nasi! Scienziati e saggi di tutto il mondo sono morti in modo assurdo e all'improvviso. I cervelli più privilegiati dell'intera Confederazione Galattica, da un giorno all'altro, qua e là, sulla Terra, su Marte o sugli altri pianeti già colonizzati, hanno cessato di esistere per svanire nel nulla.

Vide che nessuno si opponeva a nulla e, dopo aver guardato l'assemblea, continuò:

"Chi ha organizzato questa fuga di cervelli, in mia fede, lo ha fatto molto bene finora. Incidenti, morti naturali, trasferimenti improvvisati, ma senza l'arrivo della vittima al suo nuovo lavoro, richiesta di prelievi per poi immergere il richiedente nel nulla, senza che nessuno sapesse dove potesse essere, è stato il tonico utilizzato affinché centinaia e centinaia di uomini illustri nei diversi rami della conoscenza umana, hanno smesso di contribuire alla società.

La mano del generale Hutchington prese uno dei rapporti e la sua voce recitò:

"Così, soprattutto, negli ultimi due anni, quindici premi Nobel sono morti per una causa o per l'altra. Nello specifico, cinque in fisica nucleare, tre in biochimica organica, altri ottimi chimici, due esperti in mineralogia, un magnifico astronomo e Samuel Rosenford, il padre della moderna cibernetica.

La mano ben curata del generale Hutchington lasciò cadere il rapporto per prenderne un altro dal tavolo:

«Bene; erano morti che tutti abbiamo sentito, ma di cui dovevamo consolarci. Se Dio li ha chiamati, dopo aver lasciato il loro formidabile compito svolto qui tra gli uomini, non potremmo far nulla. Ma io e tanti miei colleghi in giro il mondo ha anche la nostra missione da compiere, e abbiamo iniziato a indagare perché, appunto, la morte o gli incidenti hanno portato via tanti uomini di scienza.Non abbiamo ottenuto nulla al primo "continuò".Ma una coincidenza ci ha messo sulla traccia di quello che Stava accadendo Precisamente, i parenti del cibernetico Samuel Rosenford volevano trasferire i resti del saggio locale, perché i suoi nipoti si trasferirono dalla Norvegia in Brasile.

La pausa di quel tempo è stata studiata prima di affermare:

"E il suo corpo non è stato trovato!

"Come? "Diverse voci chiesero contemporaneamente.

«Così è stato, signori. Il corpo di Samuel Rosenford non era nella sua tomba, e questo ci ha portato a pensare che non avremmo trovato nemmeno quelli di altri scienziati.

"S...? "Iniziò un impaziente.

"E abbiamo capito bene! Il generale Hutchington ha confermato.

"Non è opera di un maniaco che vuole far imbalsamare questi uomini eminenti? Qualcuno ha fatto notare.

Perché non cambi il significato della tua domanda? "Il generale lo ha incoraggiato." Per me è più ovvio farlo così: "Può essere che qualcuno, in qualche modo che ancora non conosciamo, riesca a riattivare tutti quei cervelli privilegiati, ed è per questo che uccidono i loro proprietari, li portano via , subisci strani incidenti e sparisci?"

"Ma, generale Hutchington, quello che stai dicendo è...

"Dove? Chiese un'altra voce.

L'energico skinhead del generale Hutchington si voltò verso l'ultimo, dicendo:

"A Saturno!

"Impossibile! "Ha protestato il delegato dei Trasporti spaziali." Ammetto che a volte c'è stato contrabbando di merci, ma di morti... L'idea è assurda, generale Hutchington!

«Non così assurdo, signor Barret. Ho un rapporto confidenziale, non molto tempo fa, dall'altopiano centrale dell'Himalaya. Nell'astrodromo ivi installato è stato ritrovato un veicolo che avrebbe dovuto essere scaricato in una delle astronavi in partenza. Era sulle rampe merci, accanto a quelle che contenevano le scatole dei medicinali. Ebbene, signor delegato dei trasporti. Le scatole di quel camion contenevano morti!

"Morto, generale?

«Sì, signor Barret. Cadaveri perfettamente conservati!

Tra i convenuti scoppiarono esclamazioni e commenti. Il generale Hutchington deve essere preparato per questo, poiché, indicando uno dei presenti, ha chiesto:

«Per favore, dottor Cassiry. Vuoi spiegare?

Un uomo basso, con un incipiente calvo scintillante e brevi tratti, un po' confuso, perché era il centro di tutti gli occhi, cominciò a dire:

«Non erano certamente cadaveri veri e propri, signori. Il loro cuore e tutti gli altri organi erano paralizzati, ma non il loro cervello, che in qualche modo sembrava rimanere fresco.

L'omino dubitò ancora, prima di aggiungere, come se si aiutasse con le mani:

"Bene. Voglio dire che nei loro circuiti contenevano una sostanza allucinogena, totalmente estranea al corpo umano. E... certo, a noi ancora sconosciuta.

Voleva fermare alcuni mormorii e commenti, ed esclamò:

"Sono in corso ricerche in vari laboratori su questa strana sostanza, signori.

Prima che l'effetto di quelle parole svanisse, il generale Hutchington caricò di nuovo, brandendo un nuovo ruolo:

"C'è dell'altro!

Quando ha ricevuto l'attenzione generale, la sua voce ha riferito:

"Puoi leggere il rapporto di un mio collega in Australia. Fu trovata una nave che sembrava alla deriva, contenente nelle sue stive duecentotre uomini che erano stati sottoposti a letargo, ma che erano all'interno di pacchi che sembravano contenere beni comuni e comuni... diretti nel deserto australiano di Gibson !

"C'è un altro astrodromo installato lì! Qualcuno ha ricordato.

"Esatto! "Confermato il generale." Il che dimostra che questa merce era camuffata per essere spedita lì.

"Quale destinazione è stata indagata?

Hutchington guardò l'assemblea un po' severamente, rispondendo:

"Signori... Stiamo muovendo i primi passi verso un'indagine su scala planetaria. I fili sono ancora allentati ed è impossibile individuare qualcosa. Nello specifico, rispondendo a questa domanda, vi dirò che dall'astrodromo australiano di Gibson, sappiamo tutti che le navi partono per diversi pianeti. Non è esattamente passeggero, e le merci sono immagazzinate lì, per essere distribuite a destinazione a tempo debito. Quindi non sappiamo se i duecentotre uomini in letargo trovati su quella nave fossero destinati a essere portati su Marte, Giove o in una delle tante basi spaziali.

"Attraverso la nave, l'indagine potrebbe essere seguita.

Con un gesto brusco, il conferenziere si rivolse alla voce, rispondendo:

"Pensi che non sia stato fatto? Ma il risultato è stato nullo: era stata abbandonata dal suo equipaggio, quando le motovedette si sono avvicinate, e abbiamo solo saputo che tutta la documentazione di quella barca era stata falsificata!

Come delegato del governo centrale galattico, Dam Foster ha esortato:

"Insomma, in generale. Credi che si possa ammettere che c'è un contrabbando di morti su scala planetaria, come dici tu?

«Ecco, signor Foster!

Immediatamente ha rettificato, ampliando, guardando tutti:

«In particolare, di cadaveri che sono stati uomini di scienza, in possesso di cervelli privilegiati. Di quei duecentotre uomini che ti ho detto che sono stati trovati nelle stive della nave, novanta sono professori, con cattedre in diverse università; cinquantaquattro sono medici nei rami della biologia, della biochimica, della chirurgia specializzata nei trapianti di organi, e il resto sono eminenti scienziati che si sono distinti in esperimenti e prove in altri rami della scienza.

«Ma quelli non erano morti, generale.

"No, credo di ricordare di averti detto che sono stati trovati in letargo prolungato. Tipo per circa due o tre anni.

"Esatto" ha confermato il corto Dr. Cassiry.

Il generale Brooke indicò nuovamente il maggiore Simon Buskey e il giovane tenente Starsky, attirando l'attenzione generale su di loro, dicendo:

"Quello che è successo nello squadrone comandato da Simon Buskey indica il pianeta Saturno. Sai già cosa è successo sul suo "Saturn 8", e come ha dovuto distruggere due navi, componenti del suo squadrone. C'è motivo di credere che gli altri due abbiano continuato su quel pianeta, così come che la dottoressa Eva Bourvil stesse progettando di fare lo stesso con quello su cui stavano volando questi uomini.

Quella volta nessuno lo interruppe con domande, e il generale continuò:

"Fortunatamente, il comandante Simon Buskey e il tenente Starsky sono tornati. Da loro sappiamo cosa è successo, poiché, se non ci fossero riusciti, sarebbero passati due anni prima di vedere che non tornavano. Le condizioni dell'iperspazio esterno ci consentono di inviare navi su Saturno ogni volta che vogliamo; ma non possono lasciare il pianeta durante quel periodo, perché gli anelli gassosi che tutti sappiamo che possiede non coincidono.

Simón Buskey e Starsky iniziarono a sentirsi infastiditi, quando percepirono tutti gli sguardi puntati su di loro, finché la voce del delegato del Governo Centrale Galattico chiese:

"Cosa propone, generale Hutchington?

Rimanda questi uomini su Saturno. Non possiamo aspettare due anni che una delle due navi che devono essere arrivate lì torni. Per non parlare di cosa, probabilmente non lo faranno; D'altronde molti di voi sanno che le comunicazioni radio con quel pianeta sono impossibili, gli anelli gassosi che circondano la sua atmosfera rendono impraticabile quel mezzo di comunicazione.

Consapevoli della posta in gioco di quei due uomini, nell'ampio ufficio regnava il silenzio. Simon Buskey sentì di nuovo tutti gli occhi puntati su di lui e sul suo compagno, e disse con voce ferma:

"Dobbiamo farlo! Dobbiamo sapere cosa succede su Saturno, per molte ragioni, signori. Ma lo faremo... Se non altro per vendicare i nostri compagni morti!

"Questo senza pregiudizio del fatto che qui, sulla Terra e sugli altri pianeti, siamo estremamente vigili per dare la caccia ai collaboratori di Saturno, che sembrano aver bisogno di quei cadaveri di scienziati", ha detto il generale.

In qualità di massima autorità tra tutti coloro che si sono riuniti, Dam Foster ha affrontato i due cosmonauti, chiedendo:

"Sai che puoi andare a morte certa?

Ricordando, Simon Buskey sorrise, dicendo:

"Viviamo come un dono, signore. Se non mi fossi intrattenuto per qualche minuto con il dottor Bourvil, ormai saremmo in viaggio verso Saturno. Ma bene morto!

«Be', i dettagli del viaggio sono lasciati al generale Hutchington.

Il Delegato Galattico si rivolse all'assemblea, annunciando:

"Signori, ho molte cose da fare e infinite misure da prendere, come risultato di tutto questo. Ci incontreremo di nuovo per discuterne.

Ancora una volta si rivolse ai due giovani astronauti, porgendogli la mano, augurando:

"Buona fortuna!

"Grazie mio Signore.

Il viaggio è stato deciso e approvato.

CAPITOLO V

Dopo aver salvato la distanza e dopo il periodo di letargo, necessario a "Saturno 9" per passare attraverso i vari anelli del sesto pianeta del Sistema Solare, ai comandi della sua potente astronave, Simón Buskey e Starsky sono stati visti scendere sull'enigmatico pianeta .

Quando la dottoressa Virna Ariel è entrata nella cabina di pilotaggio per annunciare che ogni membro dell'equipaggio della nave era stato riattivato, il suo sorriso è diventato luminoso e ha commentato:

Bene, Saturno è il pianeta ideale per le donne. Quando arriveremo in quel paradiso, comandante?

Simon Buskey le sorrise, ma non disse nulla. Ultimamente il suo carattere era cambiato, diventando taciturno e silenzioso. Starsky sapeva benissimo cosa aveva trasformato il suo comandante: in un certo senso, si sentiva responsabile di quanto accaduto nel suo precedente viaggio, poiché, innamorandosi della bionda dottoressa Eva Bourvil, era stato lui a sceglierla per prendersi cura di lei. letargo del tuo "Saturno 8".

E quello che è successo nella sua precedente astronave, Simon Buskey non ha potuto dimenticare.

O era stato davvero innamorato di quella donna diabolica, e l'aveva davvero amata?

Starsky era consapevole che avrebbe dovuto rallegrare l'amico, ed è per questo che ha sempre cercato di farlo tornare alla sua loquacità di prima. Non voleva perdere l'occasione e ha detto:

"Hai sentito, Simon? Dice così perché su Saturno ci vogliono 29 anni e 167 giorni per fare il giro del Sole.

"Il che significa che non devi aggiungere un'altra candelina alla tua torta di compleanno, in tutto quel lungo periodo", ha aggiunto il dottore.

Simon Buskey decise di abbandonare il suo silenzio, dicendo:

"Temo che nessuno di noi che siamo qui farà un altro compleanno.

Starsky colse un'occhiata con Virna Ariel, che sembrò capire la serietà del suo comandante, ma esclamò felice:

"Wow, Simon! Sei ottimista di persona, ragazzo!

«Penso che dal momento che siamo qui e di nostra spontanea volontà, non dovremmo pensare al peggio, Simon.

"Va bene, Jim. Bene, ci siamo!

Le grandi tracce metalliche del gigantesco astrodromo di Saturno erano completamente chiare. Il contatto radio era stato inutile, e sebbene nessuno si fosse preoccupato di dirigere la manovra, Simon Buskey l'aveva eseguita da solo, con la sua consueta abilità.

Premette il pulsante del portello e attese pazientemente che il portello finisse di aprirsi mentre i motori atomici si fermavano gradualmente dopo quel lungo viaggio di 1.186 milioni di chilometri.

Bene, erano già su Saturno, ma nessuno stava uscendo per salutarli.

E questo, di per sé, era abbastanza strano.

Fuori dal comune.

Ma non appena mise piede sulla pista, seguito da tutta la sua troupe, da qualche parte, un potente altoparlante iniziò a ronzare:

"Vai agli hangar sulla destra! Egli ordinò.

Simon Buskey guardò con la coda dell'occhio il suo luogotenente, Starsky Dietro di loro c'era la dottoressa Virna Ariel, con le sue tre infermiere, seguita dai quindici uomini che, anche loro volontariamente, li avevano accompagnati in quel viaggio di ispezione su uno dei pianeti fino ad allora governato dal Governo Centrale Galattico.

Simon Buskey era sempre stato un uomo irrequieto e ribelle, con iniziative proprie e una forte personalità, così si trovò a pensare:

"E cosa succederà se non obbediamo?"

Sarebbe come la prima pietra di paragone. Il modo migliore per scoprire quali fossero le intenzioni degli uomini che vivevano nella colonia di Saturno era non seguire il loro primo ordine.

Accadrà quello che deve succedere!

Simon Buskey aveva sentito perfettamente, ma invece di partire a destra, ha girato a sinistra, seguito da tutto il suo equipaggio. All'istante dovette fermarsi. Dopo il caratteristico clic, un raggio laser esplose da qualche parte, scambiando il ronzio del raggio di luce per un grido di dolore.

Simon Buskey si voltò velocemente, e vide uno dei suoi uomini cadere sul binario metallico, per lui già trasformato in una dolorosa grata, che lo portò alla morte.

E prima che qualcuno di loro potesse dire qualcosa, di nuovo la voce metallica e impersonale comandò:

"Esegui l'ordine! Per gli hangar a destra!

Dovevano essere obbediti, o sarebbero stati tutti bruciati dai laser. La perdita di uno dei loro uomini è stata dolorosa, ma sapevano già cosa aspettarsi.

Su Saturno furono trattati come nemici.

E ora erano suoi prigionieri.

Simon Buskey iniziò la marcia verso gli hangar sulla destra, sentendo il sangue ribollire nelle arterie delle sue vene. Una rabbia sorda e impotente lo consumava, impedendogli di vedere che questi edifici ultramoderni, di acciaio e vetro, erano a quasi due miglia di distanza.

Dietro di lei poteva sentire il respiro irregolare della dottoressa Virna Ariel e delle altre donne, quindi chiese seccamente:

«Bevi le sue lacrime, dottore. Sono qui volontariamente e devono essere preparati a vedere cose peggiori. Siamo?

"Sì, comandante.

Quando furono a un centinaio di metri dagli alti edifici, calcolò che potevano sentirlo, sforzando la voce, gridò:

"Di cosa parla questo selvaggio? Sono il comandante di "Saturn 9". Agente delegato del governo centrale galattico, e veniamo in viaggio d'ispezione.

La stessa voce impersonale dagli altoparlanti rispose:

"Smettila di fare domande e continua ad avvicinarti.

E perché non esitassero subito, aggiunse:

"Li stiamo prendendo di mira!

"Credo che siano dannati! Cosa sta succedendo qui? Una rivolta?

La risposta, quella volta, fu più che secca.

Si udì di nuovo il clic del raggio laser, la fiamma verde-azzurra si accese di nuovo e un altro uomo del suo equipaggio cadde illuminato.

Simon Buskey era scioccato. Sembra che sia stato lui a ricevere il fulmine, anche se ha subito continuato la sua marcia per evitare che, con la sua testardaggine o con le sue grida di protesta, un altro membro della sua ciurma venisse eliminato.

"Ci uccideranno uno per uno! Una delle infermiere piagnucolò.

"Calmate, signore! Serenità! E d'ora in poi, obbedisci a tutti i tuoi ordini "ha chiesto Simon Buskey". Sappiamo già che niente li fermerà!

«È stata una lezione estremamente costosa, comandante.

Gli parve di vedere un tono di rimprovero nel commento della dottoressa Virna Ariel e, mezzo girato verso di lei, sostenne il fuoco nel suo sguardo. Ma non rispose nulla, più attento a tutto ciò che poteva capitare loro su quel remoto pianeta sperduto nello spazio, dove, per i campioni, anche gli uomini avevano intronizzato il loro male.

Prima di raggiungere gli hangar, diversi uomini, con indosso strane uniformi verdi, si sono precipitati a circondarli. Le armi che brandivano erano delle più moderne, e Simon Buskey, vedendole, causò:

"Disintegratori. Come hanno fatto a farli qui?"

Sapeva con certezza che le armi disintegranti erano in possesso solo delle truppe speciali del Governo Centrale Galattico. Nessuno dei pianeti colonizzati del Sistema Solare possedeva tali armi, al fine di evitare ogni possibile rivolta, che avrebbe portato la Confederazione a perdere uno dei suoi membri.

Eppure lì su Saturno...

Non poteva continuare a pensare perché uno di quegli uomini in uniforme verdastra ordinò senza mezzi termini:

"Portali alla disinfezione!

Erano già stati disarmati, e la precauzione che Simon Buskey e il suo tenente Starsky avevano preso prima di cadere si erano rivelati inutili. Le altre armi che avevano nascosto sotto i vestiti delle loro uniformi furono immediatamente rilevate, quando uno di quegli uomini si avvicinò con una specie di scatola magica, che stava avvicinando tutti, una piccola luce iniziò a lampeggiare nello strano congegno, e la testa di quella pattuglia annunciata, trafiggendoli con lo sguardo freddo dei suoi occhi:

"Per meno di questo, il Comitato Esecutivo può decretarne la morte.

"Non l'hanno già decretato per due dei miei uomini? Simon Buskey rispose, con eguale acrimonia.

"Era solo un piccolo avvertimento" fu la secca risposta.

"Includerò nella mia relazione quel piccolo avvertimento" ha risposto a sua volta, soprattutto per vedere la qualità della nuova risposta.

E non si pentì di averla provocata, sentendo:

"Non tornerai mai sulla Terra.

Simon Buskey sapeva che il suo luogotenente non era rimasto sorpreso, ma Starsky finse perfettamente il suo allarme, interrogativo, eccitato:

"Come si dice?

"Che non torneranno mai sulla Terra. Su Saturno non vogliamo più avere a che fare con lei.

Beh, era un'informazione in più da tenere in considerazione. Da quel momento fu dichiarata la guerra silenziosa tra loro e tutte le autorità che governavano su Saturno.

E, naturalmente, i vantaggi erano a favore dei suoi nemici ...

CAPITOLO VI

Erano stati introdotti in una stanzetta, dove le quattro donne ei quindici uomini erano praticamente ammassati insieme.

Attraverso alcuni piccoli fori nel soffitto cominciò ad uscire una specie di vapore che, a poco a poco, cominciò a invadere tutto. Il naso fine della dottoressa Virna Ariel credette di aver sentito l'odore del gas metano e la sua voce, molto allarmata, gridò:

"Protocarbonio di idrogeno! Ci uccideranno!

Le sue tre assistenti infermiere iniziarono a battere sulle pareti metalliche di quella trappola per topi umana, piangendo istericamente. Simon Buskey ha visto che anche alcuni dei suoi uomini hanno perso la calma, all'annuncio della sua morte, così ha cominciato a gridare contro di loro, spingendoli verso una delle pareti:

"Non perdere la calma! Non ci uccideranno!

"Non lo vedi, comandante? Moriremo come topi, qui!

"Non essere assurdo, David! Ci avrebbero travolti come gli altri due, con il Laser! O pensi che si sarebbero dati tanto da fare per liquidarci?

"E' vero, ragazzi! "Era distaccato, il sempre vivace tenente Starsky." Non hai letto il cartello? Siamo in disinfezione!

Sentivano che le loro teste cominciavano a girare e che mancavano loro le forze. Un sudore freddo e appiccicoso invase i loro corpi, annunciando una morte ignominiosa e vile.

In un momento di lucidità, pensando che, anche se fosse successo il peggio, fosse meglio finire il prima possibile, Simon Buskey chiese loro, già con un filo di voce:

"Fate un respiro profondo, amici! Respira forte! Non è meglio di tutto... finisci come... come...?

Non poteva finire.

Per questo non riusciva a sentire la voce di Starsky che, da sempre appassionato di poesie, in quei momenti supremi si mise a recitare, con la sua chiara voce baritonale:

"... è meglio morire subito che vivere sempre temendo per la vita... la morte è un sogno, senza sogni"

Quindi, l'oscurità nera fu creata per tutti coloro che erano rinchiusi lì ...

* * *

Simon Buskey si svegliò comodamente disteso su un morbido letto.

All'improvviso, si mise a sedere e si sedette sul letto, facendo uno sforzo mentale supremo per posizionarsi e sapere dove si trovava. Indossava un pigiama di seta fine con maniche corte che le permettevano di vedere i suoi avambracci.

Mentre fissava la sua pelle, si immobilizzò. Poteva leggere perfettamente una figura che era segnata lì, apparentemente in brillantini dorati, e che annunciava:

Z-1-36.

L'esclamazione uscì dalle sue labbra, piene di rabbia:

"Dannato! Mi hanno segnato come un manzo!

Si buttò giù dal letto e cominciò a esaminare la stanza. Era di grandi dimensioni e persino decorato con gusto. Forse il verde era eccessivamente predominante, ma non poteva negare che tutto fosse comodo, pulito e decisamente funzionale.

Molto moderno.

Sopra una poltrona, tappezzata di verde, che si intonava a un lungo divano davanti a un tavolo laccato, vide una camicia di seta e dei pantaloni. Avevano anche una tonalità verdastra, la stessa dei calzini che poggiavano sulle scarpe, come se qualcuno avesse lasciato lì quegli indumenti, invitandolo a vestirsi.

Con un'altra rapida occhiata, Simon Buskey scorse quello che doveva essere il bagno e vi si diresse. Davvero, era regale, con la sua serie di specchi che coprivano le pareti e un lavandino molto funzionale.

Marmo verdastro, naturalmente.

Quella stanza non aveva finestre, ma era ventilata. Tornò nella stanza per trovare una via d'uscita, dirigendosi a grandi passi verso la porta, che scoprì una volta attraversata la stanza ed entrato in un salottino.

Solo la porta era chiusa.

Attraverso una grande finestra entrava la chiarezza diurna, che calcolò mentalmente su Saturno non sarebbe stata la breve durata di un giorno sulla Terra. Fu piacevolmente sorpreso di poter aprire la finestra, sporgendo la testa nel giardino ben curato che si stendeva davanti ai suoi occhi meravigliati.

"Wow! Non si può negare che almeno abbiano buon gusto.

Saltò fuori, ei suoi piedi nudi sentirono il contatto di quella terra. Era umido e un po' freddo, con dei granelli che sembravano più sabbia. Ma non c'era dubbio che fosse fertile, a giudicare dalle piante artistiche che nutriva e cresceva lì.

Alzò gli occhi al cielo e Simon Buskey trovò un altro motivo per chiederselo. Non era blu come sulla Terra, né nero intenso come quando si viaggia nello spazio per mesi e mesi; aveva anche una debole sfumatura verdastra, che accarezzava l'occhio.

La domanda emerse sulle sue labbra, di fronte a tutto quello strano mondo che lo circondava:

"Sto sognando, o sotto l'influenza di quel gas...?

Girava lentamente, come un bambino trasferito in una fiaba. Fu quando scoprì un bungalow non lontano dal suo, quasi delle stesse proporzioni e architettura.

Moderno e funzionale.

E nel giardino vicino, uno sguardo femminile che lo guardava...

Simon Buskey non aveva più dubbi sul fatto che stesse sognando. Altrimenti, non potrebbe essere che guardasse la bionda dottoressa Eva Bourvil, sorridendogli con i suoi grandi occhi di un azzurro intenso, e la freschezza delle sue labbra sensuali, quando saluta:

"Ciao Simone!

La splendida bellezza di quella singolare donna non gli fece dimenticare quanto era accaduto, durante il suo precedente viaggio su Saturno, quando comandava la sua squadriglia... Per questo aggrottò la fronte, e il saluto fu aspro:

"Ciao, assassino.

La donna bionda sbatté le palpebre confusa, momentaneamente paralizzata nella sua marcia verso di lui. Lo stava fissando come se i suoi grandi occhi azzurri fossero pieni di domande. Simon Buskey sostenne quello sguardo, che aveva creduto di riconoscere così bene.

Quando riprese a camminare verso di lui, l'uomo dovette distogliere lo sguardo dal suo corpo armonioso e seducente, che sembrava ondeggiare al ritmo dei suoi passi elastici, quasi felini.

E quei fianchi...

Ora la voce di Eva Bourvil si è rivelata avere strani toni, mentre lei chiedeva, avvicinandosi sempre di più:

"Perché mi hai chiamato assassino?

"Non lo sei?

"Me...?

«Le carte scoperte, Eva. Come... come è possibile che tu sia qui?

"Il mio nome non è Eva" ha spiegato la donna bionda. Mi chiamo Zana... Zana Zl-36. Aspetto!

Gli mostrava le due braccia formose, di pelle marrone e setosa, che doveva essere liscia come la seta. Simon Buskey vide sull'avambraccio sinistro della ragazza la stessa figura che aveva segnato con brillantini dorati sul suo: Zl-36.

E sull'avambraccio destro, un nome tatuato anche sulla pelle glitterata d'oro:

Zana.

Non sapendo perché, Simon Buskey prese il suo avambraccio sinistro e spalancò gli occhi. Aveva inciso anche il suo nome!

Simone.

Nessun cognome, nient'altro.

In precedenza, quando aveva scoperto con rabbia la figura sul suo avambraccio destro, non si era accorto che anche quello sinistro era stato tatuato con il suo nome. La testa cominciava a girargli e, volendo chiarire le cose, insisteva:

«Lei... non è la dottoressa Eva Bourvil?

"No. Ti ho detto che mi chiamo Zana.

"È impossibile! Sei esattamente come lei!

«Una donna che conoscevi, Simon?

"Non lo so. È possibile che fosse il mio lotto.

"Cosa hai detto di te?

La donna bionda fece il broncio, aggiungendo:

"Al Comitato Esecutivo non piace che lo diciamo così, anche se a volte lo facciamo.

Si fermò per espandere la sua spiegazione:

«Voglio dire, quella donna che hai incontrato potrebbe essere mia sorella. Uno di loro.

"Hai molte sorelle?

"Oh sì, molti! Nel mio lotto credo che ne abbiamo lasciati circa diecimila.

Simon Buskey non ha potuto fare a meno di spalancare la bocca e rimanere così. L'idea che ci potessero essere diecimila creature su Saturno dalla forma deliziosa come quella che aveva a un passo da lui; gli ha fatto dire:

"Gli uomini devono passare dei bei momenti qui.

"Perché dici questo?

"Beh, bambina... In vista è!" Non pensi?

La mano dell'uomo indicava l'intera silhouette femminile, vestita con una minigonna corta color verdastro, che completava una camicetta a maniche corte dello stesso colore. Il busto di quella donna era francamente delizioso, perfettamente modellato sul tessuto di seta, in contrasto con la pelle marrone della generosa scollatura che era pura delizia.

Le labbra femminili sorrisero, lusingate, sussurrando quella voce d'argento che a Simon suonava come una musica celestiale:

"Sei un uomo molto galante. Come tutti quelli che vengono dalla Terra!

"Non sei di lì?

"No. Ti ho già detto che mi hanno fatto venire qui.

"Sì, lo so! Con altre diecimila sorelle! Non è così?

"Ma stai scherzando?

"Assolutamente no! "È stata la risposta scherzosa dell'uomo." Ma immagino alcuni titoli di testa della stampa, che annunciano in prima pagina: "Madre felice, che ha dato alla luce diecimila bellissime creature bionde". ?

"Che sei un uomo molto divertente. Hai sempre quel buon umore?

"Di solito meglio... dopo colazione.

"Non hai altro da inserire e premi un pulsante. Il tuo cibo è sul registro.

"Cos'è quello, tesoro?

"La macchina che programma tutto ciò che devi mangiare, bere e fare durante il giorno.

"Guarda che brava, ragazzina! E questo, per cosa lo tengo?

Simon Buskey stava indicando la sua testa e, imperturbabile, la sensuale donna bionda rispose:

"Se hai successo nel test, avrai già qualcosa per usare il tuo cervello.

"Quale prova?

«Lo scoprirai, Simon.

"Come fai a sapere il mio nome?

"Ce l'hai scritto lì.

"E il tuteo, prezioso?

"Qui ci conosciamo, tranne quelli che fanno parte del Comitato Esecutivo.

"Loro chi sono?

"I programmatori della zona. Sei stato designato a Zl-36. Come me.

All'improvviso, inaspettatamente, la figura tatuata sull'avambraccio destro di Simon Buskey iniziò a prudere. Prima era una puntura leggera e leggermente fastidiosa, che considerava naturale, avendola di recente tatuata. Ma la pressione su quella parte della sua pelle aumentò, cominciò a prudere sempre di più e, cercando istintivamente di grattarsi, sentì la donna avvertire:

«Devi entrare, Simon. Il registro ti chiama.

"Come si dice Zana?

"La tua macchina. Il registro! Deve essere programmato che a quest'ora tu sia davanti a lei.

Ribelle come sempre, Simon Buskey non riusciva a entrare nel bungalow che apparentemente era stato destinato a lui, anche se il fastidioso bruciore al braccio gli sembrava sempre più insopportabile. C'è stato un momento in cui se non urlava era perché era davanti a quella donna, che lo spingeva, consigliandolo:

"Entra adesso, Simone! Vuoi perdere il braccio?

"Ma Zana, io... Ugh! È terribile!

"Te lo dico, perderesti il braccio! Sono isotopi attivati, Simon!

Era paralizzato, e sebbene volesse continuare lì a parlare con la bella donna e chiederle mille cose, il dolore lancinante gli consigliò di obbedire all'ordine che, in qualche modo, quel registro felice, che lo aspettava nel suo stanza, lo mandò.

Andò a rientrare dalla finestra da cui era uscito, ma lei lo condusse alla porta. Con le labbra serrate dal dolore, tra i denti, riuscì a protestare.

"No, Zana, no! Prima che lo trovassi chiuso. Non potevo uscire!

«Ma entra, sì, Simon. Fallo ora, per favore!

La porta cedette e, solo quando fu dentro la stanza, a poco a poco, l'insopportabile bruciore del suo braccio cominciò a diminuire. Simon Buskey guardò la figura tatuata con brillantini dorati sulla sua pelle, urlando:

"Isotopi! Bel modo di avere un prigioniero! Quelli del Comitato Esecutivo devono essere diavoli!

Cercò freneticamente quello che doveva essere il registro e finalmente, nella stanza che fungeva da sala da pranzo, distinse lo sfarfallio sulla parete di qualcosa che sembrava un computer. I circuiti dovevano essere attivati perché le luci rossa, verde, blu e viola non smettessero di lampeggiare.

E docilmente, l'uomo camminava lì, sentendo il sollievo del dolore lancinante ...

CAPITOLO VII

Dal registro emerse una voce sorda e dai toni metallici, che raccomandava:

"Non smettere mai di obbedire, Simon. Potresti morire!

Furioso, mostrando le braccia tatuate come se quel meccanismo diabolico potesse sentirlo, l'uomo gridò a denti stretti:

"Cosa sta succedendo? Cosa mi hanno fatto? Perché mi hanno tatuato così?

Non era più sorpreso di sentire la risposta del registro. La voce impersonale dal tono spento disse di nuovo:

"Vi abbiamo assegnato alla zona Zl-36. Tutti sono registrati su Saturno, Simon.

"Ma che diavolo è questo? Che sostanza è?

"Sono isotopi radioattivi. Tutti sono portati in braccio e servono in modo che il cancelliere del Comitato Esecutivo sappia in ogni momento dove si trovano e cosa sta facendo ciascuno dei loro membri. Ascolta attentamente e, una volta per tutte, sarai informato, Simon.

"Vai avanti! Avrebbero dovuto iniziare da lì.

"Hai fatto qualcosa di sbagliato. Vai fuori.

"Ebbene: chi mi parla e a quali ordini devo obbedire?

"Tutto!

"Cominciamo: imparerò bene la lezione.

«Cominci ad essere ragionevole, Simon. Va bene!

La voce continuò a fluire da quello che sembrava un cervello elettronico e annunciò:

"Quelle figure sono impregnate di isotopi radioattivi, ciascuno con un peso specifico atomico. In ogni momento si riflettono su un grande schermo che abbiamo sotto controllo e, quando usciamo dall'area in cui ognuno è destinato, si riattivano e possono, in casi estremi, recidere il braccio.

"Colossale!" esclamò l'informato all'apice della sua impotenza." È la forma più mostruosa di controllo poliziesco che si possa immaginare!

Ma molto efficace, Simon. Terribilmente efficace e senza possibili guasti!

"Suppongo che la stessa cosa stia accadendo agli altri miei colleghi, vero?

"Esattamente lo stesso! Anche se in altre zone.

"Se non ho capito male, gli isotopi mescolati con i glitter avranno peso e numero atomico equivalenti sul loro schermo di controllo.

«Esatto, Simone.

"E non appena ci muoviamo, quando andiamo da un posto all'altro, si riflette lì.

"Buona deduzione! Hai un cervello brillante che promette molto, Simon.

"Grazie", rispose, incapace di evitare il suo tono beffardo.

"Ogni mattina, quando ti sveglierai, andrai davanti alla tua cassa.

"Sì, lo so: lei mi dirà cosa mangiare, cosa bere e anche cosa pensare.

"Ti ci abituerai. Le diete sono programmate in base alle esigenze vitali di ogni corpo umano. Questi isotopi sono anche come elettrodi che registrano le tue esigenze igieniche e mediche. Sulla base di questi risultati, il registro pianificherà la tua alimentazione.

"Molto efficiente! Vai avanti.

La voce opaca e impersonale sembrava acquistare maggior volume e aridità, quando avvertiva:

"Vai! Devi dire "vai".

"Come?

"Il tuteo non è consentito, quando si parla con qualcuno che fa parte del Comitato Esecutivo, Simón.

"Bella democrazia! Puoi nominarmi, ma io non posso.

"La democrazia non regna su Saturno, almeno nel senso consumato come è stato usato sulla Terra.

Cosa hanno contro la Terra?

Ora la voce si fece altamente sprezzante, rispondendo:

"La terra! Merda coraggiosa! È un pianeta insignificante 745 volte più piccolo di Saturno, con un sole traballante, che a volte nega ai suoi abitanti corrotti i suoi favori.

"Saturno non appartiene allo stesso sistema solare?

"Vero! Ma guarda, Simon... Guarda com'è il nostro cielo qui e come i miliardi di minuscole stelle che compongono i nostri vari anelli mantengono luce e calore perennemente. La nostra temperatura è sempre stabile e la più ottimale!

"Cosa vuoi, separandoti dal Governo Centrale Galattico?

"Creare un mondo migliore, un'esistenza più dignitosa, più razionale, più completa, dove uomini e donne vengano ad acquisire la loro piena dimensione. Sfrutta tutte le sue immense possibilità!

"Da quando è iniziato questo? Piuttosto che ammettere relazioni con la Terra!

"Nei primi anni sì. Avevamo bisogno di creare le condizioni necessarie ed è per questo che lo abbiamo sostenuto.

"Hai detto resistere? La terra ha infatti sostenuto una spesa enorme, per fornire ai vari pianeti i necessari progressi tecnici! E voi siete quelli che ne hanno beneficiato di più!

"Fino a quando non saremo maggiorenni. La nostra indipendenza!

«Ammetti, dunque, che sono stati ingrati profittatori.

"Diciamo piuttosto che abbiamo raccolto la parte dell'eredità che, come esseri umani, ci corrispondeva. Ma le nostre applicazioni morali sono diverse.

"Ne dubito! Questo sistema di controllo è subumano.

"Lo dici adesso, perché lo guardi ancora sotto la piccolezza del tuo prisma. Ma vi siete mai chiesti perché sia dovuta la formidabile organizzazione di un alveare?

"Gli uomini non sono api.

"No! Sono insetti molto peggiori, quando gli viene permesso di scatenare i loro istinti. O è che la storia non te lo annuncia così, Simon?

Dai un'occhiata ai passi dell'uomo sulla Terra, e troverai quelle successioni, di guerre e conflitti umani, tanto sanguinose quanto inutili.

"Non ci sono più guerre. Secoli fa ...

"Ma c'è l'egoismo, la malvagità, l'ambizione, l'invidia e un appetito selvaggio, che trasformano l'uomo in un pigmeo.

"È tutto bandito qui?

"Lo stiamo bandendo, soprattutto con la creazione di esseri viventi completamente nuovi.

Simon Buskey ha ricordato, chiedendo di saperne di più:

"Nuovo? E i cervelli che rubano alla Terra?

"Giusto, Simon... vedo che sei consapevole. Proprio per questo abbiamo deciso di tagliare il nostro accordo con la Terra. Negli ultimi anni queste "spedizioni" hanno cominciato a essere scoperte, ed era pericoloso continuare a farlo. la squadra è stata l'ultima ad arrivare qui. Non ne arriveranno altri!

«A cosa diavolo servono i morti?

«Potrebbe essere difficile per te capire, Simon. La tua scienza è ancora piccola e non ammetterai che abbiamo trovato un modo per riattivare i cervelli. In pratica si può dire che qui, su Saturno, la morte non esiste.

"Come...?

«Hai sentito bene, Simone; quando un corpo muore, per usura o per incidente, se il suo cervello non è stato danneggiato, continua a servire. Vivi in un altro corpo!

E cosa fanno con il cervello del destinatario?

"Non conta.

"Come lo chiamano?

"Miglioramento.

"Assurdo! Direi omicidio.

"Il bene comune è ciò che conta. Ci sono corpi che hanno cervelli che sono inutili. Che sono inutili per tutta la vita: semplici masse, incapaci di idee brillanti che contribuiscono allo sviluppo della vita.

Simon Buskey era inorridito e la voce impersonale continuò:

"Da anni e anni trasportiamo su Saturno i corpi di uomini morti sulla Terra o su altri pianeti, e che meritavano la nostra attenzione. E siamo stati in grado di sfruttare quei cervelli!

"Li trapiantano?

"Sì: è una tecnica che solo noi possediamo da tanti anni. Qui sta la nostra superiorità!

"Eccellente 'superiorità', basata sul bottino altrui!

"Smaltimenti che non ti servono e di cui sappiamo approfittare. Ad esempio, quando lo scienziato informatico Samuel Rosenford è morto non molto tempo fa, cosa ne hai fatto di lui?

"Seppellitelo con tutti gli onori, come dovrebbe essere,

"Lo vedi, Simon? Per te quella vita si è conclusa con un servizio funebre più o meno brillante. Noi la prolunghiamo!

"Sì! Rubare il suo cadavere! Come tanti altri saggi.

"E quello? Non è meglio che lasciare che la terra marcisca? Adesso il cervello di Samuel Rosenford vive in un altro corpo, e la sua meravigliosa attività scientifica continua a dare ottimi frutti.

"E che dire degli scienziati che hanno assassinato, per sfruttare i loro cervelli?

"Omicidio! Che brutta parola, Simon! A quei cervelli abbiamo semplicemente fornito altri corpi. I più belli? E più forti!

"Mi scusi, ma non mi piace. Ho le mie idee.

"Li cambierai, Simón...

"Non diventerò mai un robot! In una macchina!

"Peggio per te.

Ci fu una pausa, e presto la voce avvertì di nuovo:

"Ascolta bene ora, Simon, sto per darti tutte le istruzioni che seguirai alla lettera. Presta molta attenzione e cerca di non dimenticare nulla. Il Comitato Esecutivo non ammette decisioni.

E la voce che veniva dal registro continuava a parlare e parlare instancabilmente.

Simon Buskey doveva ascoltare, vestito di pazienza. Non era più un uomo: era diventato una figura:

Zl-36. Simone.

CAPITOLO VIII

Il capo del Laboratorio Centrale era un uomo smisuratamente alto, dalla schiena robusta, dimostrava una trentina d'anni e, quando fu presentato al suo nuovo impiegato, si sforzò di sorridere quando disse, mostrando il braccio tatuato:

"Io sono Wolper. Benvenuto, Simone. Ti piacerà il tuo lavoro.

Simon Buskey fece l'atto istintivo di allungare la mano, ma si trattenne, notando che l'uomo non stava facendo nulla per offrirgli la sua. Le due guardie che lo avevano condotto lì si ritirarono e, quando si trovò di fronte al giovane responsabile del Laboratorio Centrale, per dire qualcosa, disse:

"Non sei troppo giovane per gestire tutta questa faccenda?

"Non così giovane, Simon" il sorriso forzato tornò sulle labbra di Wolper, mentre commentava, camminando lungo il corridoio: "Diciamo che ho circa... centottanta anni.

"Come?

Wolper si voltò, smettendo di camminare, vedendo che il suo nuovo impiegato non lo seguiva, paralizzato, in mezzo al corridoio, sorpreso. I quattro alunni si incontrarono di nuovo, e quell'uomo affermò:

«È vero, Simone. Non pensare che ti stia tradendo!

"Ma se tu... sembri solo una trentina d'anni, tanto più!

"Il mio corpo, sì, ma il mio cervello, no.

Con un cenno muto della mano, lo invitò a seguirlo, e non parlarono più finché non raggiunsero un ufficio circolare, da dove poteva guardare l'intero piano dove, alla rinfusa, Simon Buskey stimò che più di cinquecento persone stavano lavorando.

Uomini e donne, tutti in uniforme, indossavano gli stessi vestiti verdastri che lui stesso aveva dovuto indossare. Esseri che sembravano ossessionati dal loro compito, facendo il loro lavoro come le stesse macchine che manipolavano.

C'era appena un rumore in tutta l'ampia pianta di pareti di quarzo trasparente, attraverso le quali filtrava la luce esterna. Anche l'ufficio aveva pareti trasparenti e, ancora una volta, con un gesto muto, il direttore lo invitò a sedersi a tavola.

Simon Buskey obbedì come un automa. Cominciava, a poco a poco, a perdere la capacità di reagire da solo, ma si informava, indicando chi lavorava:

"Cosa fanno?

«Un compito che dovrai svolgere anche tu, Simon. Creano la vita!

"Come?

"Vedo che la tua capacità di meraviglia è ancora grande. Smetterai di stupirti per ogni parola!

"La verità è che dici alcune cose che...

"Vuoi dire quello che ho detto sulla mia età?

«Sì, signor Wolper.

"Salvatevi il" signore. "Su Saturno non si usa: ci chiamiamo semplicemente con i nostri rispettivi nomi.

"E nessuno di loro ha un cognome?

"Non qui!

"E se ce ne fossero due con lo stesso nome?

"Non ce ne sono: il Comitato Esecutivo bada bene che i nomi non si ripetano in ogni area.

Fece una pausa; anche quell'uomo si sedette e, congiungendo le mani, aggiunse, in breve:

"Beh, Simon: oggi sarà il tuo primo giorno di lavoro. Per questo voglio informarvi del delicato lavoro che questa pianta ha affidato. Puoi farmi tutte le domande che vuoi, sono qui per chiarire qualsiasi domanda.

"Cominciamo con uno, Wolper.

"Vai avanti! "Coraggio.

"E quei centottanta anni che dici di essere?

«Contando per anni terrestri, esattamente, centottantadue.

"Non è possibile!

"Ti ho detto prima di non guardare il mio corpo. È il mio cervello che conta!

Simon Buskey tacque, gli venne un'idea e presto disse:

"Un momento! È possibile che tu sia Davison W. Wolper, il dotto biochimico inglese, che molti anni fa creò virus artificiali?

"Esatto, Simone! Hai un'ottima memoria. Non pensavo che nessuno si ricordasse di me!

Istintivamente, travolto dal rispetto che il nome gli ispirava, Simon Buskey si alzò in piedi davanti a lui, stupito e perplesso. Le sue labbra volevano dire qualcosa, ma le parole erano sbagliate. Mille idee gli attraversarono la mente e, finalmente, riuscì a balbettare:

"Quindi... tu..., tu sei uno di quelli che...

"Mi hanno trasferito qui, dopo che sono morto..." lo ha aiutato.

"È fantastico!

«Non direi molto, Simon. È solo... beh, scientificamente possibile.

"Ma se morissi circa un secolo e mezzo fa! L'ho letto nei libri di studio! Quando ero in biologia, leggevo i suoi libri di testo e...

"Sono contento che le mie teorie siano servite alle nuove generazioni, Simón. Sono molto felice di sentirlo!

"Dimmi, professore.

"Wolper" è tornato per rettificare. Solo Wolper.

«Non lo so, signore. Sarà difficile per me trattare un uomo come te con tanta familiarità.

"Ti ci abituerai. In questa zona ci sono uomini famosi e celebrati come Daung Ellis, Mimuka Shaito, Erich von Lannus.

"Come? Anche Daung Ellis è qui?

«Esatto, Simone.

"Ma ho partecipato al suo funerale, a San Francisco!

"Ti credo, sulla Terra era una celebrità mondiale. Un'autorità in chimica organica!

"E dici che sei qui, in questa zona?

"Sì, ragazzo, nei laboratori vicini al nostro. Lì preparano i composti chimici che qui manipoliamo. Daung Ellis è al comando, come io sono di qui.

Simon Buskey si sedette di nuovo, incapace di staccare gli occhi da quelli calmi e dolci dell'uomo. Un essere i cui libri di testo erano distribuiti in tutte le Università della Terra, come corsi di perfezionamento in biochimica e che, se doveva credere alle sue parole, dopo la morte, era ancora lì, a millecentottantasei milioni di chilometri dalla Terra , ancora lavorando.

Non era tutto assurdo?

Wolper deve aver letto tutta la sua perplessità nei suoi allievi, come riportò da parte sua:

"Poco dopo la mia morte, mi hanno trasferito qui e hanno messo il mio cervello in un corpo bello e sano come questo.

Si è guardato, soddisfatto, e ha persino scherzato.

«Questo, che uso adesso, è il terzo, Simon.

"Inaudito, professor Wolper! Posso solo dire questo. Non ascoltato!

"Perché? Non c'è niente che la scienza non possa fare oggi.

"Ma poi, signore... qui su Saturno non si muore praticamente mai.

"Dipende.

"Di cosa, signore?

"Sulla qualità del tuo cervello. Se ne vale la pena, se quelli del Comitato Esecutivo scoprono che è utile, in pratica si possono vivere tre, quattro... Tante vite!

E se fosse normale?

"Quando il suo ciclo di vita finisce, muori e in pace.

Wolper sembrò ricordare qualcosa e, con un cenno della mano, interruppe la domanda del suo nuovo dipendente:

"Beh... ci sono anche altri casi, Simon.

"Mi dica, professore, prima ha detto che poteva chiedere tutto quello che voleva.

"Può anche darsi che il tuo corpo funzioni, ma il tuo cervello vale poco. Quindi...

"Non continui, professore! Adesso ho capito... Serve perché si faccia il trapianto, e a un corpo vigoroso e ben dotato sia dato un cervello scelto.

«Esatto, Simone. Questo corpo che ora uso era quello di un atleta. Ma il pover'uomo aveva solo dei bei muscoli, era molto goffo e...:

"Taci, professore! È tutto mostruoso!

"Perché? Mi sto abituando, e lo trovo razionale. In un mondo supercivilizzato, le mediocrità non sono necessarie. La selezione è migliore!

"E, naturalmente, qui la selezione sarà fatta da quel felice Comitato Esecutivo.

"Certo, Simone!

"E chi" li seleziona "professore?

Quell'uomo si alzò, in piedi davanti a lui con tutta la sua imponente muscolatura di un robusto atleta, quando esclamò, piuttosto irritato:

"Quella domanda è irriverente, Simon!

Simon Buskey prese il suo comportamento rigido come un avvertimento.

Quest'uomo era molto soddisfatto dell'intero sistema e, quindi, doveva essere prudente. Per quanto ne sapeva, fino a quel momento, possedeva un corpo superbamente dotato di un bel po' di energia fisica.

"Devo stare attento", si disse. "Se sbaglio o esagero qualcosa... Al letto operatorio, e per mettermi in testa qualsiasi cervello privilegiato di chi avrà immagazzinato"!

Non era un'idea che gli piacesse molto.

Quindi piegò le candele e chiese, indicando attraverso le pareti circolari dell'ufficio gli uomini e le donne che vi lavoravano.

"Bene, Wolper. Cosa stanno facendo queste persone?

"Lavorando, ognuno si attiene a ciò che il suo registro ha programmato.

"Posso sapere cosa fanno?

"Sì, sì, vieni. Ti mostrerò la pianta del Laboratorio;

Si alzarono e, docilmente, si prepararono ad accompagnarlo.

A proposito, pensava di poter guardare tutto.

CAPITOLO IX

La voce ben timbrata di Wolper iniziò a dirgli, mentre gli mostrava il piano del Laboratorio:

"Il fatto che tu abbia frequentato corsi di biologia e genetica mi farà risparmiare molte spiegazioni, che sarebbero ingombranti. I profani in materia di solito non comprendono i processi della vita e, tanto meno, il fatto che oggi su Saturno siamo in grado di crearla artificialmente.

"Si riferisce alla vita umana, professore?

"Wolper! "Ha insistito per rettificarlo." Nessun insegnante!

"Va tutto bene, Wolper.

I suoi occhi pallidi sembravano di nuovo dolci, mentre continuava, annuendo con la testa:

Sì, la vita umana.

"Vai avanti, Wolper.

"Sapete che conoscere la natura vegetale o animale dei virus non è esente da difficoltà, data la loro estrema piccolezza. Tuttavia, le differenze che distinguono le piante dagli animali, l'insensibilità e la mancanza di indipendenza nei loro movimenti, oggi non sono così rigorosamente escluse.

"Giusto, Wolper; È già noto che le piante hanno un sistema nervoso.

"Esatto, Simon! Devi solo ricordare certe piante carnivore, i cui nervi agiscono e le mettono in movimento, quando vogliono catturare una qualsiasi delle loro prede.

"In Brasile ce ne sono tanti.

"Li ho studiati, quando stavo vivendo la mia altra vita sulla Terra. Ma torniamo ai virus, il più piccolo degli organismi viventi. I virus possono essere perfettamente classificati come animali, poiché hanno autonomia nei loro movimenti, e reagiscono alla luce, al calore, alle sostanze chimiche, ecc., ecc.

Fece una pausa, prima di aggiungere:

"Vale a dire: i virus hanno un alto grado di sensibilità.

"Esatto, Wolper.

"Il virus è ciò che noi scienziati chiamiamo nucleopotroina. Qualcosa come un uovo in miniatura. Hai capito, Simone?

"Sì, io... voglio dire, Wolper.

"Il "tuorlo" del virus sarebbe l'acido nucleico, e il "bianco", la proteina. Tutti gli esseri viventi, fino ad ora conosciuti, sono costituiti da quei mini esseri chiamati cellule, che, fondamentalmente, hanno quella struttura dell'uovo. Dato che hai studiato genetica nei miei libri di testo "continua, tra poco", sai che la struttura delle cellule è stata analizzata fino alla nausea. Pertanto, al giorno d'oggi, produrre artificialmente un virus è una cosa molto semplice.

"Immagino..." Simon Buskey esitò un po'.

"E, a sua volta, produrre chimicamente un virus significa creare una cellula vivente. Così cellula e così viva, come quella che può far nascere un uomo o una donna all'interno della femmina umana.

Deve aver creduto che Simon si fosse perso nel labirinto delle sue spiegazioni scientifiche, poiché insisteva:

"Propriamente parlando, Simone, un essere umano è già l'ovetto, "ovulo", se così lo si vuole chiamare, appena fecondato. E ciò che è davvero sconcertante, ma non per questo meno vero, è che un virus è più simile all'uovo umano che a un uomo adulto.

"E qui quell'uovo umano è stato creato artificialmente?

"Sì, come se fosse già fecondato.

"Che significa...

Lo interruppe con una mano alzata, affermando:

"Il che significa che possiamo creare tutti i "lotti" di uomini e donne che vogliamo.

La parola "batch" ricordava a Simon Buskey il bel viso di una bella donna bionda, che era di stanza nel bungalow accanto al suo. Gli aveva detto che aveva diecimila sorelle, e quello che stava sentendo ora...

«Stai attento a quello che dico, Simon?

"Ehi? Sì, Wolper, sto attento. Molta attenzione!

"Sembravi distratto.

"Oh no! Stavo solo pensando.

"In cosa, Simone?

"In quanto, come dici tu, hai saputo creare, "artificialmente", e con miscele biochimiche, la vita umana.

"Ecco com'è!

"Questo, di per sé, è già un'ottima cosa, ma poi... Perché hanno bisogno di rubare il cervello di altre persone qui?

"Si noti che non sono stati introdotti cervelli ordinari. Tutti appartenevano a uomini o donne che si erano distinti per la loro capacità creativa, la loro inventiva, i loro esperimenti e il loro fruttuoso lavoro scientifico.

"Devo dedurre da ciò che, in tali" lotti "gli esseri artificiali non ti stanno bene, per quanto riguarda la loro intelligenza?

Wolper sembrò mantenere un silenzio che lo costrinse a pensare, prima di chiarire:

«In un certo senso succede, Simon. Tutto è perfetto! Ma l'intelligenza di molti di questi esseri... dobbiamo confessare che lascia molto a desiderare!

"È un peccato, vero?

Wolper non riuscì, nella sua preoccupazione scientifica, a cogliere il lieve tono di ironia del suo compagno, ammettendo di nuovo, scuotendo la testa con rammarico:

«Lo è, Simone, lo è! Quindi abbiamo dovuto ricorrere all'importazione di cervelli.

Il ricordo di Simon Buskey, ancora una volta, ha evocato due volti di donne. Quello sulla dottoressa Eva Bourvil, e quello che aveva visto lì non molto tempo prima, quando la sua vicina bionda le aveva detto che si chiamava Zana.

Pensò che forse Wolper potesse conoscerla e, inaspettatamente, chiese:

"Conosci una certa Zana, una creatura deliziosa che vive accanto a...?

"Sì. Ho preparato proprio quel "lotto"" disse Wolper con un certo orgoglio.

"Mi congratulo con te, socio! Lo stampo è venuto molto bene.

Grazie, Simone.

"Prego, amico, ma... e la sua intelligenza? Nonostante le loro indubbie perfezioni fisiche, il loro cervello era molto buono per te?

"Non tanto.

"Beh, ho conosciuto una certa dottoressa Eva Bourvil, sorella di "batch" di quella Zana, che era tutta intelligenza. Fin da giovanissimo ha approvato la sua carriera medica, specializzandosi poi in letargo!

Wolper sembrò cercare di ricordare, prima di dire:

"Eve! Eva Bourvil! Non sarò io... Oh sì! Ora cado! È vero, Simon. È uscita dallo stesso "lotto" di Zana, ma il cervello di Jacqueline Whitelex Huxley è stato trapiantato nel suo corpo, il ...

"La famosa dottoressa Jacqueline Whitelex Huxley?" lo interruppe Simón, tra stupito e disgustato.

"Sì, Simon. Perché fai quella faccia?

"Il fatto è..; Che orribile!

"Ma parla, amico!

"Beh, è solo... Wolper; Ti devo confessare una cosa. Sto amando un centenario!

"Come?

"Esatto, Wolper. Mi sono innamorato della dottoressa Eva Bourvil, appena l'ho vista, e non ho smesso finché non sono riuscito a includerla nell'equipaggio della mia nave.

"Bene, poco importa. Ti sei innamorata del suo corpo, bello e giovane.

"Ma se metti il cervello della famosa dottoressa Jacqueline Whitelex Huxley in quel corpo... vuol dire che ho amato una mente centenaria! Lo scienziato Huxley è morto più di vent'anni fa. Ero un bambino!

Adottando una certa rigidità nel suo corpo atletico, Wolper alzò la testa e rifiutò:

"Dico che non importa. Nonostante l'età del mio cervello, amo e mi sento amata. Per queste cose, la mente è sempre giovane. E non dimenticare che il nostro corpo lo è.

Voleva prendere la conversazione per altre strade meno accidentate e, dopo un po', si ricordò:

"Eva Bourvil ha avuto quel cervello perché aveva una missione da compiere sulla Terra.

"Per mia fede, l'ha fatto! Simon Buskey ha ricordato a sua volta.

"Sapete dov'è adesso?

Avrebbe voluto urlargli contro che era stato appena polverizzato da un raggio laser, dopo aver alterato le miscele di ibernazione nella sua astronave "Saturn 8", provocando così la morte di più di trecento persone. Ma continuò con la sua politica sottomessa e prudente, e mentì.

"Nessuna idea!

Per più di due ore, Wolper gli ha mostrato l'intera pianta nel Laboratorio che gestiva, parlando di come la materia organica veniva manipolata lì per la successiva trasformazione in esseri viventi.

Uomini e donne, che avrebbero come genitori i capi del Comitato Esecutivo.

Genitori curiosi!

Quando; Alla fine, Wolper ha deciso di tornare nel suo ufficio, ha detto:

"Inizierete domani, è meglio che vi acclimatiate a tutto questo. Puoi tornare al bungalow che ti è stato assegnato e...

"Scusa, Wolper. Non è possibile.

"Come? Rifiuti la possibilità che ti conceda qualche ora libera?

In risposta, Simon Buskey gli ha mostrato il suo avambraccio tatuato con i brillantini dorati, ricordandogli, dicendo:

"Dimentichi gli isotopi radioattivi; Wolper? Quando mi sono alzato, il mio registro mi ha detto che dovevo stare qui tutto il giorno oggi. E sai cosa succederà al mio braccio, se il checkpoint registra che sono da qualche altra parte!

Wolper sembrò tornare da un sogno, ed esclamò:
"È vero! Scusa, Simon... A volte me ne dimentico.

CAPITOLO X

Nei giorni che seguirono, difficile per Simon Buskey da contare, secondo i calcoli della Terra, perché su Saturno la luce del giorno sembrava eterna, ebbe modo di incontrare molti altri che, come lui, indossavano il tatuaggio con i brillantini dorati, che li ha designati come destinati alla zona Zl-36.

Uomini e donne, con le loro specifiche occupazioni assegnate, senza poter separare una virgola da quegli obblighi che, ogni giorno, le rispettive casse ordinavano loro.

Il controllo era perfetto e rigoroso e, solo i più anziani o gli esseri che vi erano stati creati artificialmente, riuscivano ad acclimatarsi a un'esistenza completamente governata dai capi del Comitato Esecutivo.

Simon Buskey pensava di essere stufo di impazienza e di rassegnazione forzata quando, inaspettatamente, qualcosa che gli aveva detto la sua vicina Zana gli fece sperare.

Stavano chiacchierando in giardino, quando la bella donna bionda gli disse:

"Oggi ho incontrato un altro uomo come te.

Simon Buskey si era abituato a vedere, tra i componenti della comunità in cui era stato assegnato, uomini e donne che si assomigliavano come gocce d'acqua. Esseri che erano stati creati nello stesso "lotto", e che si distinguevano l'uno dall'altro solo per il nome che era stato assegnato anche a loro, tatuandolo sull'avambraccio sinistro.

Ecco perché non era molto sorpreso, anche se ha detto alla donna bionda:

"Devi essere stato confuso, Zana. Non mi hanno fatto morire, come molti di voi.

Zana fece uno dei suoi buffi broncio con le labbra, protestando:

"Non sto parlando del fisico, Simon. Ma al tuo carattere, al tuo modo di essere. In quel modo strano devi pensare e dire cose.

Le sopracciglia di Simon Buskey si inarcarono e lei continuò:

"Anche lui è nato sulla Terra.

Già questo lo interessava di più, e premette con fermezza:

"Dove hai incontrato quell'uomo? Chi è? Dove è destinato?

«In questa stessa zona, ma dall'altra parte di Zl-36.

"Il tuo nome, Zana. Come ti chiami?

"Jim... ha quel nome tatuato.

Simon Buskey alzò le braccia al cielo sempre verde, esclamando:

Grazie, buon Dio! Non avevo notizie di Starsky da un secolo!

Immediatamente trattenne la sua gioia, e volle sapere, prendendo le mani della donna:

"È alto, con i capelli castani, gli occhi grigi e la fronte chiara?

"Sì... ha anche dei denti perfetti. Così bianco!

"Sono Jim! Starsky! Il tenente sulla mia nave! Il mio copilota!

"Sei stato inserito qui perché hai detto di essere uno specialista di motori atomici. Un incidente in cabina di regia ha causato la perdita di diversi lavoratori, e serviva un esperto che si occupasse di un settore del Grande Schermo.

"Intendi quello che controlla, per mezzo di isotopi radioattivi, tutti?

"Sì.

Senza poterlo evitare, cominciando ad abbozzare un piano di fuga, di cui non aveva smesso di sognare da quando vi era arrivato, Simon Buskey fece schioccare le dita, esclamando:

"Wow, buona fortuna!

"Perché, Simon? Quelli che lavorano nella grande sala di controllo non se ne vanno quasi mai.

"Ma puoi portarle un messaggio da parte mia, vero, Zana?

La ragazza bionda sembrava esitare, mentre sussurrava, fissandolo negli occhi:

"Pensi che il Comitato Esecutivo lo vedrebbe bene?

"Al diavolo il Comitato Esecutivo, Zana! Ubbidisci sempre come pecore?

"Ci hanno dato la vita!

E possono portartelo via. In realtà, lo fanno quando fa comodo a loro.

"Non dire così, Simone!

"Credi che stia mentendo, Zana?

"Sì... ti ho già detto che sei un uomo molto strano. Non ti piace stare qui con noi!

"Non sono di Saturno. Non sono nato qui! Appartengo alla Terra. E che sia un mondo migliore o peggiore... mi piace!

"Non ti manca niente qui. Hai il tuo registro, che veglia sempre su tutto ciò di cui hai bisogno.

"Sì! Lo so, Zana.

E con cinismo e irritazione, esclamò:

"Controlla persino i miei bisogni d'amore! Grossolano!

«Sono normali funzioni fisiologiche, Simon. E una prova che quelli del Comitato Esecutivo ci sono in tutto.

«Troppo meticolosa, regina. Ma io, uomini costruiti come me, non mi piace che qualcuno entri nella parte intima della loro vita. Capisci

"Non.

Simon Buskey fissò la bella donna, prima di esclamare di nuovo.

"È esasperante! Con quanto sei bella, con quanto è armonioso il tuo corpo e quanto sono dolci i tuoi grandi occhi, a volte penso che tu sia solo un bel pezzo di orologeria. Lavori solo quando sei ferito!

"E questo è male?

"No, Zana... è terribile!

"Perché?

"Perché non hai libertà, diavolo! O è che non sai cosa sia?

«Lo so, Simone. Qui la libertà è in relazione diretta con il dovere compiuto.

"Che diavolo, Zana! Il dovere e il diritto sono fratelli, la loro madre comune è la libertà. Nascono lo stesso giorno, crescono, si sviluppano e muoiono nello stesso momento.

«Non capisco, Simon. cosa intendi?

"Che qui non hai altro che doveri, ma pochissimi diritti, a parte mangiare ciò che indica ogni registro di una, lavorare e non fare un solo passo che non sia stato programmato da lei prima.

Erano seduti nel giardino comune, e la mano femminile accarezzò dolcemente i capelli ribelli dell'uomo. E le sue labbra rosse si mossero, dicendo:

"Povero Simon. So che soffri molto!

Simon tenne tra le sue quella mano dalla pelle morbida, scrutando gli occhi della donna, mentre chiedeva:

"Mi aiuteresti, Zana?

"A cosa, Simone?

"Per fuggire...! "È stato trattenuto, rettificando all'istante." Per entrare in comunicazione con il mio amico. Lavori in quell'edificio e hai detto che potevi parlare con lui, giusto?

"Sì.

«È solo che gli porti un mio messaggio. Voglio mandarti un saluto.

"Se solo quello... Puoi chiedere il permesso di parlare con lui e vederlo.

"No! Mi rinnegherebbero!

"A volte glielo concedono. Una volta sono andato nella zona W-2-37 e lì ...

Simon Buskey non voleva insistere ulteriormente sulla ragazza, per timore che diventasse sospettosa. D'altra parte, non voleva perdere l'occasione di ampliare le sue informazioni su quello strano pianeta, così chiese, senza apparente interesse.

"Cosa c'è in quella zona, Zana?

"Ci sono gli hangar. È da dove avresti dovuto venire dalla Terra.

"Oh sì! Conosco già quella zona.

Doveva essere cauto anche con la bella Zana, e lasciare che la conversazione si spostasse nell'area W-2-37, che lei aveva visitato. Stavano anche parlando di molte cose finché, come era normale, il bruciore alle braccia iniziò a dargli fastidio alla pelle.

Zana si alzò all'istante come un automa, obbediente al comando, ricordandogli:

«Dobbiamo ritirarci per riposare, Simon. Il mio registro mi avvisa.

"Dannati isotopi! Non ci lasceranno mai soli?

«È ora di andare in pensione, Simon. Per questo li riattivano.

"Vedi, Zana? Questo lo chiami vivere?

"Hai avuto le tue ore di lavoro, le tue ore di cibo, le tue ore per camminare, leggere e chiacchierare. Cos'altro vuoi?

"Niente, Zana. Ti auguro un buon riposo.

"Lo faccio sempre. Il registro conosce le ore in cui devo dormire. Controlla il mio corpo, i miei bisogni e ...

"Anche la tua anima, Zana?

"Come...?

"Niente, prezioso. Lo sai! Le mie sciocchezze!

"Non mi dai quel biglietto per il tuo amico?

"Beh, vedi... pensavo potessi porgere i miei saluti. Digli che Simon Buskey sta bene.

"Lo farò", la ragazza sorrise dolcemente.

E grato del suo candore, dopo avergli accarezzato una guancia, il ribelle aggiunse:

"Le dici anche che ho avuto la grande fortuna di trovare una vicina graziosa come te.

Grazie, Simone. Anche il tuo amico è rimasto colpito nel vedermi.

"Non solo chiunque, tesoro! Soprattutto, deve aver creduto che fossi la dottoressa Eva Bourvil.

"Quella donna che dici di aver incontrato?

"Lo stesso, Zana. Una delle tue diecimila sorelline!

Il bruciore alle sue braccia aumentava progressivamente, ed era necessario obbedire.

Il registro ordinò loro di riposare.

CAPITOLO XI

Durante il tempo che fu costretto a trascorrere lì, Simon Buskey considerò questo dilemma. O si sarebbe inchinato e avrebbe accettato le cose come stavano, oppure avrebbe deciso di combattere con tutte le forze del suo essere.

Filosoficamente si diceva che l'uomo è nato per vivere tra le convulsioni dell'inquietudine, o tra il letargo della noia, e scelse il primo, sebbene fosse certissimo che ogni tentativo di insurrezione gli sarebbe costato all'istante la vita.

La sua era una lotta sorda, tenace, costante, senza concessioni allo sconforto, e con un'idea fissa in mente: allontanarsi da Saturno.

Sulla Terra, e nell'intero Sistema Planetario, dovevano sapere cosa stava succedendo lì. I dati che, con infinita pazienza, riusciva a conservare nella sua memoria, erano sempre più allarmanti.

Saturno non solo voleva la totale indipendenza del Governo Centrale Galattico, ma, a causa di certe fughe di notizie che arrivavano alle sue orecchie nel luogo di lavoro, nella sala ricreativa dove poteva, per un'ora al giorno, chiacchierare con gli altri lavoratori, e qui e lì, quando a volte andava in camera sua o chiacchierava con Zana, sapeva che anche loro si stavano preparando all'attacco.

Lo confermava il fatto che un folto gruppo di operai giunse dall'area A-0-1, per ampliare una delle ali del Laboratorio Wolper, dove era ancora di stanza.

Simon Buskey sapeva dai loro diversi aspetti, tipi e altre caratteristiche personali che questi uomini, sebbene nati su Saturno, non erano creature umane create artificialmente. C'erano bassi e biondi, alti e scuri, più magri e più grossi, sebbene tutti con la caratteristica comune di coloro che discendevano, generazione dopo generazione, dai nativi del pianeta.

Una leggera sfumatura verdastra sulla pelle.

I lavori di ampliamento del Laboratorio Wolper furono dovuti al fatto che il famoso biochimico aveva l'ordine di aumentare al massimo la sua produzione di creature umane. Simón sapeva che i "lotti" si sarebbero susseguiti per lanciare sulla gigantesca superficie di Saturno vere e proprie onde di creature che, anche accelerando la loro crescita con mezzi artificiali, in pochi anni avrebbero moltiplicato di cento gli abitanti del pianeta nascosto tra suoi anelli gassosi.

Quelle brigate di operai furono trasferite da una zona all'altra e, attraverso di loro, parlando prudentemente, Simón imparò molte cose.

Ad esempio, nella zona Bl-2 stava accelerando anche la fabbricazione di "missili atomici" con dieci testate nucleari ciascuno. Lo stesso della costruzione di gigantesche astronavi, che presto sarebbero state pronte per i viaggi interplanetari.

E l'obiettivo doveva essere la Terra.

Sebbene i loro piani fossero a lungo termine, a riprova che quelli del Comitato Esecutivo non dormivano, era obbligo in tutto il pianeta lavorare due ore in più in più, sebbene per questo gli ingegneri elettronici dovessero "capire" in modo che i registri programmato il nuovo orario, con i conseguenti disordini in termini di visite mediche, riposo necessario, cibo e orari di riposo programmati, tutto questo implicava.

A causa di ciò, una volta c'è stata una tremenda confusione nella sala da pranzo generale, quando i programmatori non erano d'accordo e hanno partecipato a due turni contemporaneamente per consumare il cibo.

Simón ha capito cosa deve essere successo nella grande sala di controllo, quando sullo schermo è apparso il doppio del numero di lavoratori nello stesso posto, determinato solo che solo la metà dovrebbe rimanere nella sala da pranzo. Il bruciore alle braccia di molti di quegli uomini iniziò, gradualmente aumentò fino a diventare un dolore lancinante, molti di loro caddero a terra sanguinando copiosamente per l'azione degli isotopi radioattivi che li punivano.

Questa era una vera congrega.

Urla, ululati, isteria, un grido di dolore e un tremendo clamore, che costrinsero i capi brigata a comunicare con quelli del Comitato Esecutivo,

La misura più prudente è stata quella di disattivare il grande schermo della cabina di regia, lasciando senza effetto gli isotopi che ognuno di quegli uomini aveva impresso sulle braccia sopra il tatuaggio che li identificava.

Simon Buskey ricordò immediatamente un vecchio detto che aveva sentito dire da suo nonno molti anni prima:

"L'occasione, quando si presenta, non deve mancare, figliolo..."

Non perse un solo istante e, in quell'occasione, sentendosi libero, dal silenzioso "poliziotto" che aveva incastonato nei tatuaggi sulle braccia, passeggiava da un luogo all'altro, chiacchierando, scambiando opinioni e apprendendo tante interessanti le cose.

Perdonò persino il suo cibo, dimenticando per una volta i dannati ordini che il suo registro della camera da letto aveva programmato per lei quel giorno.

Rimase stupito quando seppe che, più o meno, sulla superficie di Saturno vivevano circa due miliardi di abitanti. Sapeva anche che aveva ventidue grandi continenti, che erano collegati da mari da ponti che a volte raggiungevano i diecimila chilometri e che nella sua parte meridionale, la più inospitale del pianeta, c'erano i deportati, in numero che ammontava a i trecento milioni.

Trecento milioni di schiavi, dediti ai compiti più duri, da produrre fino allo sfinimento per un mondo che li rifiutava, come ribelli alle regole del Comitato Esecutivo.

Simón rimase senza parole quando uno di quegli uomini gli disse di essere stato uno dei fondatori della primitiva colonia di deportati che la Terra inviò per la prima volta su Saturno, pochi anni dopo che le astronavi erano atterrate in quell'angolo sperduto del Sistema . Planetario.

Non voleva consumare i minuti imparando dettagli su questo, ma non smetteva di chiedere:

"Hai dunque più di trecentoventi anni?

"Diciamo, terrestre, esattamente trecentosettanta. Sono stato deportato qui quando avevo cinquant'anni.

Lo vide restare a bocca aperta, e quell'uomo si allargò:

"Certo, perché qui un ritorno al sole equivale a ventinove anni...

"Ma comunque, non può essere quello...!

"È che non ho sempre vissuto con questo corpo. Il mio cervello è già stato trapiantato a dieci.

La perplessità seguì in Simone, che insistette:

"Anche così... Perché, essendo un semplice lavoratore, volevano mantenere il cervello?

"Sono un ottimo specialista nella saldatura autogena. Nessuno ha costruito più edifici di me! Inoltre, sono un dirigente di brigata.

Simon aveva molte altre cose da chiedere e, dopo aver accarezzato la robusta schiena di quell'essere extra-naturale, ha salutato:

"Mi congratulo. Raggiungerà un millennio!

"Se il Comitato Esecutivo lo vuole... perché no?

Simon attraversò la grande sala da pranzo, di cerchio in cerchio. Temeva che da un momento all'altro la sala di controllo avrebbe funzionato di nuovo e tutti avrebbero sentito gli effetti degli isotopi radioattivi nei tatuaggi sulle sue braccia. Poi, ciascuno sarebbe tornato al proprio posto, il casino sarebbe finito e, con esso, quella precaria libertà di cui godevano.

Triste sorte degli uomini, su Saturno! Erano liberi, quando c'era disorganizzazione.

A causa di un guasto tecnico.

Una sirena cominciò a ronzare, e quando il suo acuto ululato terminò, gli altoparlanti la sostituirono, annunciando:

"Attenzione! Attenzione! Tutti tornano alla propria postazione di lavoro! Hai cinque minuti per farlo!

Regnava il silenzio e, più perentoriamente:

"CINQUE MINUTI!

Tutti obbedirono di nuovo come automi. Si sentivano osservati, intrappolati da una zampa invisibile, che la scienza dell'uomo aveva creato.

Maledetti isotopi radioattivi...

* * *

Anche la risposta di Starsky è stata verbale, trasmessa dalle labbra rosse di Zana, che ha dichiarato:

"Era molto felice e mi ha detto di salutarti. Sei molto soddisfatto del tuo lavoro nella sala di controllo. I suoi capi si sono congratulati con lui perché ha aiutato a riparare il guasto che ...

"Sì, Zana, lo so. Grazie.

Nemmeno per un istante credette che un uomo del temperamento e del coraggio di Starsky potesse essere molto soddisfatto del suo lavoro. L'aveva sicuramente detto a Zana così, sia per non compromettere la ragazza, sia per non impegnarsi.

Aveva fatto molto bene. Bisognava andare con i piedi di piombo.

Ha confermato questa idea dopo tre giorni, quando Zana gli ha consegnato un pezzo di carta scritto, chiedendo candidamente:

«Non capisco cosa dice il tuo amico, Simon. Ho provato a leggerlo, ma...

«È naturale, Zana. È la lingua che ora è più comunemente usata sulla Terra.

"Quale, Simone?

Esperanto. Si diffonderà anche agli altri pianeti.

"Non qui. Dicono che ci siamo dichiarati indipendenti e che il governo centrale galattico è nostro nemico. Saturno può reggersi da solo e non vogliamo diventare una colonia sfruttata dalla Terra.

"Questa è propaganda. Zana. Roba da Comitato Esecutivo!

«Sei sempre contro di loro, Simon. Come mai?

Mille risposte stavano per salire alle sue labbra. Ma ci ripensò e si scusò con calma:

"Si tratta di adattarsi, Zana. Lo comprenderò!

"Ti aiuterò! I miei capi mi hanno detto che mi daranno il permesso al mio registrar di programmarmi un marito.

Simon Buskey non ha potuto fare a meno di sorridere:

"O si?

"Sì, dovrò compilare una scheda, fornendo i dati fisici e anagrafici dell'uomo che voglio scegliere. La metteranno in un lettore elettronico, la tessera perforata andrà al computer e...

Sorrideva deliziosamente, quando finì:

"E siccome i dati saranno tuoi, e il registro non sbaglia mai, beh...

"Sei un tesoro, Zana!

"Non vuoi scegliere me, Simon?

"Sì bellissimo. Le nostre carte combaciano e... sempre con il permesso del Comitato Esecutivo... ci sposeremo!

"Che orrore, Simone!

"Beh, guarda, piccola. In parte hai ragione. Anche se...

"Cosa, Simon? Non sei d'accordo neanche su questo? I computer lo dicono!

"Se è così... non c'è più niente di cui parlare, Zana! Gli sottoporremo.

"A volte mi confondi. Non so mai quando sei serio o stai scherzando.

«Ora dico sul serio, Zana. Metterò anche i tuoi dati fisici e morali sulla carta, anche se temo Un'altra obiezione?

Bene, ragazza. Mi hai detto tu stesso che fai parte di un gruppo di diecimila sorelline. Chissà se il computer non mi porterà qualche bionda come te, da qualsiasi altra zona.

"Non quello! Perché sceglierò te. Mi piaci!

"È già qualcosa. Guarda come puoi dire al computer che provi in quel modo per me. Mi piacerebbe vederlo!

"Lei leggerà la mia carta e andrà tutto bene. Avremo tanti figli!

Simon Buskey strinse gli occhi in modo che non potesse leggere nelle sue pupille.

Aveva appreso dal suo capo Wolper, il saggio biochimico responsabile del laboratorio, che gli esseri da lui creati artificialmente, oltre a certi difetti, che determinavano le sue scarse capacità mentali, non erano fertili.

In una certa occasione, commentando con lui il processo di creazione artificiale degli esseri umani, dai virus che sono il prodotto di combinazioni biochimiche, gli aveva detto:

"In realtà, queste creature fisicamente perfette sono create per riempire posti di lavoro e per...

Simon aveva insistito sul suo desiderio di informazioni, finché Wolper non ebbe terminato:

"E così che i loro corpi, quasi perfetti, possano ricevere i trapianti di cervello di cui abbiamo bisogno, e dobbiamo mantenerli sempre in vita, sempre attivi...

Ed ora, quando la povera Zana sognava di avere tanti figli da lui, provava un profondo dolore per la ragazza.

Lo ignoravano, ma erano stati creati al solo scopo di servire il Comitato Esecutivo che, anche in quella parte della vita, faceva conoscere la loro presenza.

Cavie semplici, prodotto di laboratorio ...

CAPITOLO XII

La nota di Starsky non era scritta in esperanto, ma in codice.

Un codice speciale che gli astronauti usavano, per i momenti di emergenza, durante i loro voli pericolosi. Un vero geroglifico, ma che, nell'intimità della sua stanza, Simon Buskey poteva facilmente decifrare, apprendendone così il contenuto.

Jim, insomma, lo informò che, al momento voluto, e grazie alla sua vicinanza alla cabina di regia, avrebbe potuto creare un casino come quello dei giorni scorsi, così che, sul grande schermo, i membri del Comitato Esecutivo non poteva controllare i movimenti di tutti gli uomini di stanza nella zona Zl-36.

Questo è stato molto importante.

Così erano le notizie che gli diede della dottoressa Virna Ariel, così come delle tre infermiere che l'avevano accompagnata in quel viaggio. Sempre dai movimenti del maxischermo in cabina di regia, Jim era venuto a sapere che erano destinati nella zona W-2-37, tra il personale medico che doveva prendersi cura degli astronauti che si addestravano in quella zona dove si trovavano erano localizzati. giganteschi hangar, con il colossale cosmodromo principale di Saturno, dove erano atterrati.

Con segni serrati, sempre in codice, Jim aveva cercato di trasmetterle informazioni importanti in quella nota. Era il fatto che in quell'area W-2-37 l'attività era davvero febbrile. Gruppi arrivavano costantemente da altre zone per sottoporsi a un intenso addestramento militare.

Stranamente simili agli uomini, Jim si meravigliò del suo biglietto.

Non sapeva della creazione artificiale delle creature umane?

Jim non ha esteso le sue condizioni di vita, per attenersi solo a ciò che potrebbe essere davvero importante per loro. E alla fine aggiunse, con cenni nervosi, quasi indecifrabili:

"Preparati, amico Simon. Ho sentito da queste parti che il Comitato Esecutivo è già a conoscenza che siamo stati noi a distruggere due delle navi della nostra squadriglia. Le altre due sono arrivate qui, e il traditore di Gregory ha fornito loro i nostri dati. A quanto pare, loro hanno fatto un periodo di prova nell'area Ch-12-6, fino a quando non hanno acquisito la prima carta di cittadinanza. Ho appreso che non sono tatuati come noi, e che possono camminare ovunque. i privilegi dei cittadini di questa categoria, che costituiscono un decimo degli abitanti di questo pianeta demonizzato."

L'ultimo segno, Simon Buskey tradotto da un urgente:

"Rispondimi attraverso lo stesso canale, Simon! Sono pronto a tutto!"

Simón soffriva del bruciore nei suoi tatuaggi da più di tre minuti, ogni volta più intenso e urgente. Ormai aveva abbastanza esperienza di cosa significasse.

Il suo registro lo aveva programmato, all'inizio della giornata, a riposare a quelle ore, ma si era divertito a decifrare il lungo messaggio dell'amico. Il dolore si faceva intenso, lancinante, ed era necessario obbedire e occupare la posizione del letto, affinché sul grande schermo della cabina di regia i numeri atomici dei suoi isotopi radioattivi smettessero di premerlo.

Ecco perché si distese sul letto, dopo aver distrutto il messaggio compromettente, borbottando, ricordando le ultime parole di Starsky:

"Anche io, Jim. Sono anche pronto a tutto!

* * *

Mentre si alzava e andava alla cassa, la voce opaca e impersonale annunciò:

«Oggi non andrai al lavoro, Simon.

Allarmato, sebbene sforzandosi di reprimere il suo tono, chiese:

"Come...?

"Hai sette minuti per fare la doccia, due per vestirti, cinque per fare la tua colazione programmata, che puoi leggere sul cartone, tre per aspettare l'arrivo dell'"Air-Craft" che ti porterà all'edificio 22, e altri cinque minuti per entrare. , prendi l'ascensore, raggiungi il decimo piano e presentati al cittadino più importante, Durenko.

Il circuito era ancora funzionante, come lo annunciavano le luci lampeggianti. Simon rimase davanti al suo registro, nonostante il silenzio della sua voce, che presto tornò all'ordine:

"Il resto della programmazione è sospeso, fino a quando non vedremo la risoluzione del cittadino di prim'ordine, Durenko.

E dopo un nuovo e breve silenzio, l'annuncio quotidiano:

"Inizia a contare la programmazione, Simon!

Le luci si spensero, ma ciò che iniziò a funzionare fu il cervello dell'uomo in difficoltà.

"Farò a meno della doccia, della colazione e mi vesto in fretta" pensò. Dovrei guadagnare qualche minuto per scrivere un messaggio a Jim e inviarglielo per Zana!

Febbrilmente, iniziò il messaggio per l'amico, usando la stessa password. Quando, pochi minuti dopo, perfettamente vestito e rivolto verso il giardino del suo bungalow, vide avvicinarsi il gigantesco "Air-Craft" scivolando su un materasso ad aria, senza accorgersi dei trecento operai che il geniale veicolo trasportava, alzò la mano per augurare tutto il mio cuore a Zana:

"Buona giornata, tesoro!

Non sapeva se avrebbe mai più rivisto la bella ragazza bionda.

Poiché non sapeva perché doveva presentarsi al cittadino di prima classe Durenko, al decimo piano dell'edificio 22, che era abbastanza lontano dal laboratorio di Wolper, dove era di stanza.

Non aveva bisogno di dire nulla all'autista, che aveva anche lui iniziato la sua giornata con il dovuto orario, e che, quindi, doveva sapere che sarebbe dovuto essere lasciato davanti all'Edificio 22, ad una fermata insolita.

Infatti, la gigantesca piattaforma dell'"Air-Craft" è stata immobilizzata a dieci centimetri da terra davanti all'edificio 22, annunciando la voce dell'autista:

«Resta qui, Simon.

"Lo so. Buongiorno, amici!

Nessuno gli voleva lo stesso... E ne aveva bisogno!

Il cittadino Durenko era un uomo con spalle larghe, formidabili mascelle quadrate e mani da orso molto pelose. Le sue dita erano incrociate quando lei si trovava davanti a lui, e la sua voce era un po' strozzata, in netto contrasto con tutta la sua rude umanità:

"Simone, zona ZI-36

«Sì, cittadino Durenko.

"Sarai trasferito nella parte meridionale del pianeta.

Simon Buskey, con un leggero brivido, pensò ai trecento milioni di schiavi deportati. Pensò anche al messaggio di Jim, a un uomo di nome Gregory, che era appartenuto alla sua squadra e che era sicuramente responsabile della loro relativa tranquillità che era finita su Saturno.

Ma la sua voce non rivelò il suo disagio, dicendo:

"Sì, cittadino.

«Sei accusato di aver ucciso uno dei nostri migliori cittadini. Dott.ssa Eva.

"Se intendi Eva Bourvil, devo dirti che non sono stato io. In quel momento, stavo guidando la mia navicella spaziale, "Saturn 8".

"È lo stesso. Eva non è tornata, e dovrebbe. Sei stato tu a distruggere "Saturno 7" e "Saturno 6"!

"Ci hanno attaccato,

"Avresti dovuto ibernare. Come tutti nella tua squadra!

"Non è successo, per un semplice caso. Volevo passare gli ultimi minuti con la dottoressa Eva e... una delle sue assistenti infermiere ha scoperto che il letargo era stato un fallimento.

"Non è stato un fallimento! Avevamo bisogno di tutti quei cervelli che stavate portando!

"Non ero consapevole.

Il cittadino Durenko incrociò di nuovo le mani dell'orso, per indicargli il mento quadrato, quando premette:

"Ti saresti presentato, se lo avessi saputo?

«Forse sì, se me lo avesse spiegato la dottoressa Eva. Morire in un corpo e poi vivere in un altro non è poi così male.

"Certo! Molto meglio di quello che ti aspetta.

Era la sentenza, e Simon sapeva che sarebbe stata definitiva. Mentalmente, calcolò che ormai Jim avrebbe ricevuto il suo messaggio da Zana, e poi fece ciò che il cittadino Durenko meno si aspettava, ancora rannicchiato dietro il suo monumentale banco da lavoro.

Avanzò verso di lui, mise entrambe le mani sul tavolo e, piegandosi molto in basso, esplose, la sua rabbia a lungo repressa:

"Hai la faccia da porco, cittadino!

"Ehi? Come...? Come osi?

Il proprietario di quell'ufficio si alzò, mostrando di essere alto quasi quanto Simon Buskey, che non aspettò che la mano destra dell'uomo raggiungesse la pistola blaster che portava al fianco.

Molto prima che arrivasse il suo pugno, proiettato furiosamente su quella mascella squadrata; gettandolo a terra e trascinando la sedia.

Immediatamente, lei gli saltò addosso e la lotta fu breve. Simon aveva dei bei pugni, e bastava un altro colpo per rimandare nel mondo dei sogni l'uomo che aveva pronunciato la sua sentenza. Le prese l'arma, cercò l'uniforme verdastra e, quando cominciò a riprendersi, ordinò, senza mezzi termini:

"Su, cittadino! Facciamo una lunga passeggiata.

Durenko grugnì, seduto per terra:

"Questo è stupido! Sulla schermata di controllo sapranno cosa stai facendo.

"Sbagliato, amico! Il mio cancelliere mi ha detto, senza rendermene conto, che oggi sono fuori controllo. Il programma è stato consegnato fino a qui, in attesa di ciò che ha determinato il cittadino Durenko.

Quell'uomo voleva ottenere un vantaggio avvertendo:

"Vero. I tuoi isotopi radioattivi non ti daranno fastidio. Ma in controllo aspettano la mia chiamata.

"Chiamata che farai adesso. O preferisci quello...?

"No! In attesa!

Anche un'arma blaster non ha attrattiva, quando viene sparata: e il corpulento cittadino Durenko non si sentiva come essere trasformato in atomi non identificabili. Gli occhi di quell'uomo che impugnava la pistola riflettevano tutta la folle disperazione di un essere spinto al limite. E siccome non potevo più scegliere...

O ha ucciso o è morto.

"Chiama, cittadino! Ha ancora premuto.

Astutamente, Durenko si posizionò allo schermo del visore in modo che la sua vita disarmata potesse essere vista dall'altra parte della comunicazione. Il suo gesto era cupo e accigliato, ma l'uomo che lo minacciava indicò:

"Avvicinati così che si veda solo la faccia di quel maiale. E sorridi! Sorridi fluentemente!

La mascella quadrata si distese in una smorfia che fingeva di essere un sorriso, per annunciare, quando si stabiliva la comunicazione:

"Guiderò personalmente Simon, controllo.

Di lato, fuori fuoco dello schermo, ma potendo osservare ciò che vi si rifletteva, Simón scorse il viso magro di un uomo, che a sua volta chiese:

«Aspetta, Durenko. Ecco un altro degli imputati. Gli daremo l'ordine di andare nel tuo ufficio. Si chiama Jim.

"Beh, spero.

La comunicazione fu interrotta e Durenko si sedette. Istantaneamente, dovette alzarsi al movimento significativo di quella mano armata, che continuava a indicarlo. E la voce di quell'uomo ordinò:

"Andremo per Jim. Usciremo per incontrarti!

"Come?

"Sei sordo, cittadino? Lo faremo con calma, senza destare sospetti, camminando lentamente, come due buoni amici. Hai un veicolo?

Come se fosse stata una grande offesa, la mascella quadrata si sollevò, confermando:

"Certo! Sono un cittadino di prim'ordine!

«Be', non ti sarebbe di alcuna utilità; se fai la minima sciocchezza. Andarsene!

Il dado era tratto.

CAPITOLO XIII

Non era difficile raggiungere l'uscita dell'Edificio 22, ma era difficile muoversi per le ampie strade.

Durenko guardò quel casino, con gli occhi sporgenti, sentendo che il suo compagno lo stava informando, nel suo orecchio:

"Non è niente, cittadino. Un semplice guasto nella sala di controllo!

"Ma tutti quelli... dove stanno andando? Cosa fanno?

"Senza urlare, amico. Il minimo gesto e voli via.

Guidato dallo stesso Durenko, il veicolo è scivolato di mezzo metro da terra, dovendo aggirare i gruppi lasciando vari edifici per confluire sulla strada principale. Simon non aveva mai guidato uno di quegli "Air-Craft", ma, guardando i comandi, chiese:

"Può questo gossip aumentare?

"Sì.

"Bene di sopra! Andremo più sicuri... Io e te!

Si ricordò dei colloqui con Zana, e lo costrinse a prendere la direzione sud della zona Zl-36. L'ordine era di avvicinarsi all'edificio di controllo, dove sperava di trovare Starsky, anche lui libero dai maledetti isotopi, avendo causato il guasto sul grande schermo.

In pratica, come era già successo di nuovo, l'intera area sarebbe fuori controllo. Quelli erano i momenti che dovevano sfruttare per, qualunque cosa fosse, trasferirsi nella vicina area di W-2-37, per combattere con le unghie e con i denti per raggiungere una delle tante astronavi per cui si esercitavano quei giorni nel cosmodromo principale. di Saturno.

Il resto è stata una questione di fortuna.

O competenza. Mentre volavano a metà altezza, Simón vedeva tutto quel disordine che per lui si traduceva in una cosa: gli Operai, quindi liberi dal rigoroso controllo degli isotopi radioattivi, anche se in modo pacifico, manifestavano il loro dissenso.

Non che fossero in subbuglio, pensando a una seria insurrezione. Il Comitato Esecutivo aveva armi molto potenti per sopprimere ogni serio tentativo. Ma si accontentavano di lasciare i loro posti di lavoro, camminare per le strade e parlare tra loro in gruppo, desiderosi di godersi qualche momento di libertà, che serviva da sollievo.

Le autorità, dal canto loro, non hanno commesso l'errore di impiegare tutte le loro forze, per un semplice guasto che consideravano accidentale, come quello avvenuto non molto tempo fa. Tutto sarebbe tornato alla normalità e non c'era motivo di aggravare le cose.

Dove potrebbero andare tutti quegli uomini marchiati? Che possibilità di fuga avevano?

Nessuno!

La pistola sul lato del guidatore, Simon voleva sapere:

Che cos'è l'edificio di controllo?

"Quello, il più alto.

"A lui. Ma scende prima di arrivare. Dobbiamo prendere un amico.

"Questo è pazzesco! Non potrai scappare!

"Più follia è tua, e ci stai provando. La Terra deve sapere cosa sta succedendo qui!

"La Terra è molto lontana. Niente potrà contro di noi!

«Il governo centrale galattico, sì.

"I nostri anelli ci difendono. Saturno è inespugnabile!

"Lo diranno i tecnici militari. In ogni caso, una volta avvertito, il tuo attacco non sarà una sorpresa.

"Il vecchio e l'obsoleto devono morire, a favore del nuovo e di ciò che rappresenta la speranza.

Quale speranza rappresenti?

"L'inmortalità! Con i nostri trapianti di cervello, l'uomo non morirà mai.

L'immortalità appartiene solo a Dio.

"Trapiantati in corpi forti e giovani, innaffiati con il loro sangue, i cervelli possono vivere per sempre.

"Un altro sacrilegio! La vita può e crea esseri. Ma non deve essere un prodotto da laboratorio!

"Che differenza fa se facciamo vivere la materia?

«Non sforzarti, cittadino. Non riuscirai a convincermi!

In quella parte della zona era anche evidente che l'ordine consuetudinario non regnava. Ogni sistema ha qualche difetto, e quello del Comitato Esecutivo era che, fidandosi pienamente della loro polizia isotopica reattiva, non impiegavano guardie.

Da metà altezza, Simon scoprì un uomo che agitava le braccia davanti a un gruppo di spettatori, che si stava ingrossando. Restringeva le pupille e, più che la vista, guidava il cuore, indicando, premendo con l'arma:

"Ecco, scendi!

Il veicolo stava scendendo senza intoppi e le persone se ne sono andate. Lo stesso Starsky camminava per evitare quello che consideravano il contatto con uno dei cittadini di prima classe che, sicuramente, ben armato e alla guida della sua scorta, avrebbe cercato di condurlo al loro lavoro.

Ma fu sorpreso di sentire una voce amica che lo chiamava:

"Jim! Jim! Corri qui, presto!

Immediatamente si rivolse al robusto autista:

"Una parola a quegli uomini e... ti guarderò male!

C'era da temere che, pur essendo mezzi schiavi, potendo scegliere, coloro che erano nati su Saturno non avrebbero esitato ad attaccarli, se avessero scoperto di appartenere alla Terra, alla quale, dalla massiccia propaganda degli ultimi tempi, anche l'ingenua Zana lo considerava suo nemico.

Il piccolo "Air-Craft" non toccò terra, quando Starsky era già sulla sua piattaforma, con gli occhi sgranati, a fissare i due uomini. Dalla posizione della mano armata di Simon, riuscì a malapena a vedere l'arma, sebbene capendo immediatamente, accettò:

"Bene, mio comandante. Ora dove? O intendi arrivare con questi pettegolezzi sulla Terra?

«Ci sono magnifiche astronavi nell'altra zona, Jim.

"Sì, ma... possiamo arrivarci?

Simon Buskey fece un cenno all'uomo con la mascella squadrata, dicendo:

"Dipende da lui. Dal desiderio che hai di morire!

"Hai fatto molto bene" ha detto Durenko, per aggiungere cinicamente ": Peccato cervello!

"Cosa ne pensi, cittadino? Che avresti potuto trapiantarli in uno di quei corpi che crei tu?

"Perché no? Tra cento o duecento anni avresti potuto vedere Saturno padrone dell'intero Sistema Solare.

Sempre amico delle poesie, mentre si alzavano, Starsky recitò:

"... Nelle nostre folli fantasticherie, rinunciamo a ciò che siamo, per ciò che non diventiamo, per essere."

"La nostra è già una realtà.

"Ma non una vittoria", rispose Simon.

L'abitato cominciò ad essere abbandonato, a sorvolare una montagna dalle forme uniche. Il cielo verdastro li faceva brillare e, mentre guidava il veicolo, Durenko annunciò:

"Ecco, quelle semplici montagne valgono più del tuo intero pianeta logoro, ormai vecchio e antiquato, incapace di sfamare i suoi figli.

"Quali sono?

"Uranio! Quasi puro!

Le labbra di Starsky si contrassero mentre fissava le rocce nude dall'alto, manifestando:

"Bah! Preferisco una montagna con alberi e pini, con una lepre felice e un fresco ruscello che la attraversa.

In lontananza, sia per l'altezza che per le sue proporzioni colossali, cominciarono a disegnarsi le tracce metalliche del gigantesco astrodromo. Durenko voleva andare dritto da lui, ma la mano armata di Simon gli premette furbescamente sul fianco, comandando:

"Non fare il furbo, cittadino. Se ci vedono arrivare, saranno interessati a noi, e non è esattamente quello che vogliamo.

"Stai cercando una nave, vero?

"Sì, ma lo faremo senza problemi. Si scende molto prima di arrivare, e ci avvicineremo guidando a livello del suolo.

Starsky fissò gli alti edifici che stavano già cominciando a spuntare dal terreno man mano che le distanze si restringevano, e pensò ad alta voce:

"Non potremmo almeno provare a portare con noi la dottoressa Virna Ariel e le tre infermiere?

"No, Jim. Sarebbe una follia! Zana mi ha detto che in ogni zona c'è uno schermo di controllo. Siamo riusciti a disattivare quello della nostra zona, ma quello...

Capisci, Simone.

«Fa tanto male quanto fa male a te lasciarli, ma difficilmente avremo il tempo di salire su una di quelle navi.

"Se potete. Sarà fortuna!

Simon guardò Durenko e grugnì:

"Ci aiuterai anche in questo, cittadino.

"me?

Cominciò a tremare, indovinando:

«È... è che intendi portarmi sulla Terra?

"Esatto, amico mio! Hai molto da dire!

* * *

Non è stato difficile, perché la sorpresa è sempre uno dei fattori migliori.

D'altra parte, chi poteva aspettarsi che tre uomini si avvicinassero a una delle navi allineate, senza che si riflettesse il controllo del grande schermo dell'area W-2-37?

E se lo facevano, non erano autorizzati?

Quello che nessuno sospettava era che, se due di quei tre uomini sfoggiavano i loro tatuaggi con isotopi radioattivi, erano fuori controllo in quella zona per il semplice motivo che erano venuti in aereo dal vicino Zl-36.

E quanto all'altro, non indossava la sua graziosa uniforme di prima classe?

La fuga è stata possibile grazie alla competenza di Simón Buskey, assecondato dal suo co-pilota Starsky, oltre che perché i capi della colonia di Saturno custodiscono gelosamente uno dei loro segreti, da tempo e da tempo, hanno fatto il Governo Centrale Galattico credono che le navi non possano lasciare gli anelli del pianeta, solo in determinati giorni, ogni due anni.

I fuggitivi hanno dimostrato, con le loro folli intenzioni, che questa era un'altra bugia.

Un camuffamento per proteggere il tipo di governo che si era stabilito lì, dove l'onnipotente volontà del Comitato Esecutivo era l'unica che contasse.

Solo, finalmente, il Governo Centrale Galattico sapeva cosa aspettarsi e poteva mettere i mezzi per evitare mali maggiori. Quella follia di Saturno non poteva diffondersi al resto dei pianeti e, se non fosse stata combattuta per annientarli fino alla fine, almeno sarebbero vissuti chiusi nel loro strano mondo.

Uno strano mondo che, anelando all'eternità, criticava uno dei beni più grandi di cui gode l'essere umano.

La tua volontà di scelta.

O come disse Starsky, che ama citare i poeti:

"... nelle nostre folli fantasticherie, rinunciamo a ciò che siamo per ciò che non diventeremo."

* * *

Qualche tempo dopo, durante il suo meritato riposo, e guardando il cielo stellato di una bella notte californiana, Starsky fissò i suoi occhi sognanti sull'infinito, e chiese al suo amico:

"Cosa pensi che faranno con Virna e le altre donne?

"Non lo so, Jim...

"Chi lo sa, Simon? Forse quando io e te saremo morti per un paio di secoli, penseranno ancora a noi, anche se i loro cervelli vivono in altri corpi.

«Non passerà molto tempo senza sistemare tutto, Jim. L'uomo ha sempre avuto problemi con la vita, l'Universo e il risultato delle proprie invenzioni. Ma finisce sempre per risolverli!

"Una guerra con Saturno sarebbe catastrofica.

"Giusto, amico. Ma il mondo non finirà, ecco perché.

"Hai ragione, Simone. Prima, una tribù combatteva contro un'altra. Più tardi, un popolo contro un altro. Una nazione, con il suo rivale. Un impero. Poi vennero due guerre mondiali, una atomica, e ora...

"Ora, la lotta sarà su scala planetaria.

«Deve essere sempre lo stesso, Simon?

"Sempre, finché l'uomo non si eleva al di sopra di se stesso e vede chiaro il suo destino.

"Quando sarà, amico?

"Quando l'uomo si avvicina a Dio, Jim.

"Beh, voglio arrivarci! È per questo che mi piace così tanto l'infinito?

E i due uomini continuavano a guardare il cielo stellato, dove le luci eterne delle stelle sembravano ammiccare loro, come invitandoli a raggiungerli.

FINE

89